靴子里的女人

邱琲钧_著

The woman in a boot

图书在版编目（CIP）数据

靴子里的女人／（马来西亚）邱琲钧著．—北京：生活·读书·
新知三联书店，2017.7
ISBN 978－7－108－05920－8

Ⅰ．①靴…　Ⅱ．①邱…　Ⅲ．①随笔－作品集－马来西亚－现代
Ⅳ．① I338.65

中国版本图书馆 CIP 数据核字（2017）第 064498 号

责任编辑　关丽峡
特约编辑　钟　韵
装帧设计　刘　洋
责任校对　曹忠苓
责任印制　卢　岳
出版发行　**生活·讀書·新知** 三联书店
　　　　　（北京市东城区美术馆东街 22 号 100010）
网　　址　www.sdxjpc.com
经　　销　新华书店
印　　刷　河北鹏润印刷有限公司
版　　次　2017 年 7 月北京第 1 版
　　　　　2017 年 7 月北京第 1 次印刷
开　　本　850 毫米 × 1092 毫米　1/32　印张 7
字　　数　112 千字　图 8 幅
印　　数　0,001－5,000 册
定　　价　29.00 元
（印装查询：01064002715；邮购查询：01084010542）

目 录

辑二

序

番薯与靴子

很久很久以前，在一座山脚下住着一个穷教师。他每天除了到学校教书之外，就尽可能待在家里陪伴两个年幼的儿女。他对孩子们的期望不大，只希望孩子们长大后，能够成为有知识的平凡人。他经常和孩子们说："知识，是一种富；而平淡，是一种福。"

他为他的孩子们买了很多课外读物。其中，以童话和寓言为主。

孩子们渐渐长大后的一个下午，刚从学校回来的他，从书包里拿出了一份给孩子们的礼物。那是一本精装的《世界地图》，他对孩子们说："在这本书里，有一整个世界。"

摊开《世界地图》的某一页，他指着一个小小的半岛说："这片长得像一粒番薯的小土地，就是我们的国家，马来西亚。"手指向上划到一个公鸡形的大土地上时，他说："这就是祖父的国家，中国。"接着，他翻开了另一页，指着另一个半岛说："你们看看这块土地，像不像电

影中牛仔们穿的靴子？"当孩子们为这块土地的形状啧啧称奇时，教师说："这国家，就是意大利。"

当他的女儿看见这个靴子形状的国家时，感到非常有趣而笑了起来。她觉得这个国家虽然和她的国家一样，都是三面被海包围的半岛，但在形状上，她的国家怎么就像一粒笨拙的番薯，而这个国家却帅气得犹如一只靴子呢？她想着想着，忽然为这两个国家在形状上的差异而大笑起来。穷教师看见她开心大笑的可爱样子，忍不住把她搂进怀里。当时，穷教师万万没有想到，不久之后，一个来自靴子国的男子会轻易地把他这个生在、养在、疼在番薯国的女儿带走……

辑 一

我们的相遇

像风一样轻

像早晨一样宁静

我爱上了你

童年的地图最终有了凌乱的足迹

女魔头的恋爱

初遇时，小狐狸对王子说："对我来说，你还只是一个小男孩，就像其他千万个小男孩一样。我不需要你，你也同样用不着我。对你来说，我也不过是一只狐狸，和其他千万只狐狸一样。但是，如果你驯服了我，我们就互相不可缺少了。对我来说，你就是世界上唯一的了；我对你来说，也是世界上唯一的了。"

——安东尼·圣艾克苏佩里《小王子》

我就是那个被靴子国男子带走的，番薯国教师的女儿。

当靴子国男子背上背包，从靴子国出发到泰国的同一天，我也在父母担忧的眼神中背上了背包，从番薯国出发到泰国。我们先后抵达，各自在同一座小岛上的东西海岸住了下来。一次鬼使神差的缘分，他骑着电单车横越了小岛，来到我所在的海滩。我们就这样出现在彼此的视线里。

他在做自我介绍的时候说，他来自意大利。我因为想起平躺在父亲那本精装《世界地图》里的靴子而愉快地笑了起来。他在我的笑声中告诉我，在地球的另一边有一块靴子形状的土地。在这块土地上隐藏着这么一个小镇：那是一座很小很小，人口不到三千的镇子。它的一半是森林，除去森林所占的那一半面积，居民居住区只占据剩余的四分之一，另外四分之三是农田。小镇很安静，穿行在街道上的车辆非常少，除了冬季之外，街道上经常会有笨重的农耕大车经过。当大车颠簸在石子路上时，满载在车厢里的东西便会被抖落。只要天气晴朗，阿尔卑斯雪山是小镇白天抬眼就能望见的风景。无边无际的灿烂星空，则是小镇夜晚的风光。

当时，我和他正坐在人来人往的异乡旅游区街道边，他对小镇的形容让我仿佛间脱离了实际。在他生动的叙述下，我甚至觉得在那座遥远的小镇里，就算是从农耕车上掉落的粪便，也散发出浓浓的童话气息。喧闹中，我想起了自己在车水马龙的环境里年复一年、日复一日的枯燥生活。看着他，听着他的叙述，我恍然觉得现实和梦幻之间的距离，竟然是那么近。

靴子国男子还告诉我，他喜欢旅行。他曾经将他的足迹留在欧洲大陆的各个角落。北非和印度，他也去过。这趟泰国之旅，是他东南亚的第一站。泰国之后，他打算到越南、柬埔寨和菲律宾等国家去。他说，结束了在东南亚的旅行，他会暂时回到靴子国休息一小阵后再出发。他的下一个目的地将会是南美洲。

靴子国男子说的英文，正是所谓"破英文"（Broken English）。当他破罐子破摔用蹩脚的英文向我倾诉时，我虽然听得昏头昏脑，但还是沉醉在他说的那一串串国家的名字里面。当我神游在他所提起的那些国家的时候，忽然听见他说："可是计划跟不上变化，因为我觉得我好像已经爱上你了。"

他说的最后那两句话，让我瞠目结舌了。它们在我平和的情绪里掀起了圈圈涟漪。我因为不知道该如何应对这个局面而一直在笑。在我扭曲的笑容里，他把戴在手腕上的那只表摘了下来，把它套在了我的手腕上，说："这是我的收藏，它是一只已经绝版的瑞士表。"

在他环游世界的计划里，他把与我的相遇归纳成一个意外。那个晚上，他说了很多的话，但我的思维却因为他不断重复的那一句"我好像已经爱上你了"而凌乱不堪。依着他的要求，我把联系方式写给了他。他一边看着我的字迹，一边抚摸那只套在我手腕上、已经不再属于他的表："我必须先离开，慎重考虑我们将来在一起的可能性。如果我搞清楚对你的这种奇妙感觉是所谓的'爱'的话，我会出现在你家大门前，跟你要回这只表；但如果我发觉这感觉只是一时的冲动，我就不会再出现。如果你一直没有看见我出现，你就要好好保存这只表。因为它会让你在白发苍苍、儿孙满堂的时候偶尔想起我，想起曾经和我的这个相遇。"

我天生缺乏浪漫细胞，在他这番带有浓厚浪漫色彩的长篇大论中，我始终纠结在如果他爱上我的这个环节上——我怎么想也想不明白，为什么如果他确定爱上了我的话，我就不能再拥有这只珍贵的绝版瑞士手表？

在我旅程的最后一天，靴子国男子领着我上演了一出相遇、相知到相离的情感三级跳，让我感觉像梦一般奇妙。

假期结束，我回到了家。刚放下行李，就迫不及待地把自己和靴子国男子在碧海蓝天下的相遇分享给父亲。他听后立刻摆出一副吹胡子瞪眼睛的样子，厉声警告我说，不管怎样，我都不能和这个男子谈恋爱。但是，这段突如其来的美丽相遇，对不曾谈过恋爱的我来说，是那么的震撼，我完全没有把父亲的反对放在心上。我坚决地说，我会等待靴子国男子的出现，期盼他会把我带进一段仿佛被晨雾笼罩、看不见前方风景的情感路上。话一说完，我马上转身跑进房间，把自己关了起来，也把被我气得捶胸顿足的父亲关在房门外。

相比之下，母亲的反应却坦然而乐观，我当时并不了解这其中的原因。很久很久之后，我才知道她的坦然，完全是来自她心中的信念——当时，她切实相信着，我是一个嫁不出去的女子。在她眼里，但凡还在这地球上呼吸的雄性人类，都会受不了我刁钻怪僻的个性。"没有人会要你这坏蛋的"这句话，是我在开始有记忆的岁月里常常听见的一句话，出自自己亲生母亲的一句话。因为被重复的次数太多，我觉得那其实是一句咒语，而不是一句评语。

二十二岁之前，因为有太多的兴趣和爱好，所以我一直不把自己空白的恋爱篇章放在心上。可是，二十二岁快结束时，发觉身边的朋友都双双入对，反观自己仍旧没有吸引到任何男生的追求，我于是怀疑母亲其实是一个下咒灵验的大巫婆——我将如她所说那样：不会再有人要了。怀疑自己亲生母亲是大巫婆不久后，靴子国男子就出现了。他仿佛就是专程为我解咒而来的勇士，出现在我踏入二十三岁的第一个小时里。

从我向父亲说起靴子国男子存在的那一天起，向来早睡早起的父亲就开始失眠。有一段时间，他经常晚睡早起，睡眠严重不足。在一个夜里，我隐隐听见母亲好像在劝父亲放宽心态，好好休息。我好奇地挨近他们的房门，想听听他们到底还说了些什么。可是，却听见了让我至今依然无法释怀的话，母亲说："别傻了！你真以为有人会要你的女儿？她性格刁钻强悍，言语尖酸刻薄，平日衣着又特别邋遢，简直就是一个人间女魔头，没有人会要她的。"

　　可能母亲的分析让父亲觉得有道理吧，她说完不久，父亲因为感觉踏实而发出了熟悉的鼾声。可是，我的母亲——我那原来豁达乐观的母亲却在靴子国男子背着大背包、风尘仆仆地出现在我家大门口后，彻底崩溃了。自他出现的那天开始，母亲就表现得神神道道，连瞥一眼靴子国男子的身影也会哭泣。然而，对于靴子国男子的出现，父亲却一反既往的镇定。他就像是一个身经百战的将军那样，面对这个原本无形、忽然现形的敌人，开始构思攻击策略。他找我谈了好几次话，苦口婆心劝我不要幼稚地相信爱情，他要我以成熟的思想来衡量种种客观问题。他说，一见钟情已经是"天方夜谭"，更何况我和靴子国男子之间还存在着东西文化差异，说着说着，他忽然想起我视美食如命这个事实，他朝我喊道："他们住在一个没有酱油的地方！"可是，那个时候，我已经不能顾及酱油在我生命中扮演的重要角色了。

在接下来的日子里，在我的一意孤行中，父亲以声声叹息代替了他未说出口的千言万语。然而，母亲一直在沉默流泪，据说，她的眼泪一直流到我随靴子国男子离开，在酱油并不普遍的陌生国度里住下来很久很久之后，才逐渐停止。

一个兔子洞

这时，爱丽丝跳了起来。她忽然想道：从来没有见过穿着有口袋背心的兔子，更没有看见过兔子还能从口袋里拿出一块表来。她好奇地穿过田野，紧紧地追赶那只兔子，刚好看见兔子跳进了矮树下面的一个大洞。她也紧跟着跳了进去，根本没考虑怎么能再出来。

——路易斯·卡罗尔《爱丽丝梦游仙境》

一个百无聊赖的清晨，靴子国男子随口要求我帮他算一算他的中国生肖。

当时，我们正在一片麦田的正中央，环绕四周的是在徐徐晨风中轻舞的麦苗。他站在我身后，而我正蹲在麦田里抚摸着嫩绿色的麦苗，它们随着风速的强弱一起弯下腰又挺起身，仿若一层又一层的绿色波浪。

他这个无意的要求，让我收起了正在抚摸麦苗的手，认真地屈指帮他算了起来。算了几次，确定他是一个属兔

的男子后，我禁不住仰起头大笑，因为我忽然想起我最爱的一部童话——《爱丽丝梦游仙境》。我把他和童话里那只表不离身的兔子联系在了一起。

我将靴子国男子想象成童话里的兔子先生后，便将自己与梦游到仙境里的爱丽丝联想起来——因为趋步跟随一位爱表的兔子先生，不小心掉入了兔子洞，掉到了这个四周满是鲜艳色彩的新世界里。

爱丽丝的新世界是奇幻和华丽的，而我的新世界是奇妙和绮丽的。在我的这个新世界里，我曾经熟悉的华丽衣裳、瓶瓶罐罐的化妆品，以及永远有聚光灯照耀的 T 形舞台等等，统统被星星、月亮、太阳以及崎岖的田间小道代替了。

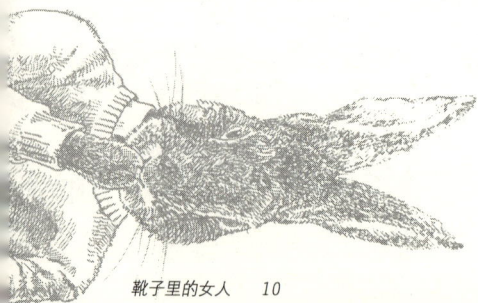

有一个新世界

有一天，他来到一个地方，这里的大街上没有高楼，而是种满大树，有桦树、枞树、无花果树……树洞里堆满玩具和美食，谁都可以自由取用。街上走着的，全都是孩子，有的踩着旱冰鞋，有的骑着脚踏车。这里没有一个大人。孩子们来来往往，脸上带着微笑，快活得像在飞。

——茶茶《月光森林的诺比》

跟随兔子先生的脚步，我来到了一个让自己焕然一新的小小新世界。

这个小小的世界坐落在靴子国北部，皮埃蒙特州的东南部。它与皮埃蒙特州的首府都灵距离四十公里。这两个地方虽然只相距四十公里，却仿佛是两个完全没有牵扯的世界：都灵，是一座以工整的棋盘式布局来建造的古城，华丽且神秘的巴洛克风格建筑遍布在这座城市的每一个角落，这里的人口近九十二万；然而，我所在的小镇，人口只有三千，密布在小镇里的建筑物都是外形简朴的农家大院，它们老老实实排列在宽度只有两辆小轿车勉强可以并行的小街两侧。

极其欠缺方向感的我在初来乍到时，经常错觉自己就活在一座迷宫之内——我不断在这里迷路。迷路多次之后，我得出一个结论：所谓市中心是以区区两条比较宽大的道路和几条比较窄小的街巷凑合成的，在这里迷路的话，完全不必惊慌。因为只要逮住一个镇民，说出我的目的地，他就会告诉我正确的方向；但是，如果在举目无人、举手机没信号的小镇边沿地区迷路，确实是十分挑战心灵的。每每发现自己在那样的环境里迷失方向之后，一种茫然失措的无力感就会马上涌现。虽然我曾经无数次置身在那样的环境里，对迷路这回事可以算有驾轻就熟的经验了，可是就不知怎么的，每次发觉不对劲后，我还是会在原地打颤，耳边此起彼伏响起的奇奇怪怪的鸟兽和昆虫鸣叫声都会特别刺耳。除了原有的慌张之外，莫名的恐惧感更会随即而来，一旦这种恐惧跃升到了顶级，我便再也顾不上仪态，只能蹲在这些虫鸣鸟叫声里放声大哭。

最严重的一次，是我在森林深处迷了路。那一天，我戴着耳机，一面哼唱一面散步，不知不觉到了森林深处。

记得当我好不容易走出森林时，我迫切地大力拍打着身上的泥土和落叶，所用的力度之大，就像要完全拍打掉身上所有的晦气那样。我一边拍打自己，一边一把眼泪一把鼻涕地哭泣。当时，我在哭泣中诅咒了整座小镇，连把我带到这座小镇的兔子先生也没有在我脱口而出的狠毒字眼中幸免。

仙境里的狐狸

"我的生活单调乏味，"狐狸说，"我捕食鸡群，人们猎取我。所有的鸡一样，所有的人也一样。因此我感觉到有点儿厌倦了。但是你训练我听你的话，那我的生命里就好像满是亮丽的阳光一般……"

——安东尼·圣艾克苏佩里《小王子》

我在一条通往森林的田园小道上和一只狐狸相遇了。

这是一只浑身长着银灰色新毛发、准备过冬的美丽狐狸。在一片枯黄的秋林色彩里，它尤其显眼。

那是我生平第一次亲眼看见狐狸。当我和狐狸在田园小道上狭路相逢的那一刹那，我定定地看着它，它也定定地看着我。在我们的对视中，恐惧感渐渐漫上心头，狠狠将我吞噬。当时的我甚至以为自己的生命已经危在旦夕了——当我想象它会如何扑向我，并且撕咬我时，我马上扯高了嗓子，拼命尖叫救命。我先用中英文交叉呼救，后

来因为想到小镇的人大概听不懂这两种语言，于是改口用他们的语言尖叫。我虽然非常害怕，但是当我字不正腔不圆的求救声在森林里回荡后传到自己耳朵里时，我反而感到一丝滑稽并有了想笑的感觉。

因为狐狸，惊悚和诡异的氛围立刻在我四周弥漫。原本已经让人胆怯的阴森原始森林，因为我带着颤音的求救声更添加了恐怖气息。但我万万没想到，狐狸竟然比我还要惊慌。可能"逃命"这两个字同时闪过我和狐狸的脑袋吧，当我在惊慌中想拔腿就逃的那一刻，狐狸已经夹起尾巴"嗖"一声往前方飞奔而去。它钻进了森林，不见了踪影。

这场虚惊扼杀了我散步的兴致，我于是调头急步往回走，企图以最快的速度走回到小镇的中心。因为偶遇狐狸而绷紧了许久的神经，在回到安全地后终于有了松弛的机会。神经一旦松弛下来，我的情绪便达到了一种歇斯底里的状况。一时脚软的我跌坐在街边的木椅子上，号啕大哭起来。透过泪眼模糊的视线，我发现身边不知什么时候已经围着一群乡亲父老，他们木呆呆地围着我看，良久之后，一位名叫安东尼的老人给我递来了纸巾。

我用纸巾擦干了眼泪，也擤了鼻子。不管他们是不是对我哭泣的原因有兴趣，我就开始自顾自地述说这段令我害怕的经历。可是，当我才说到自己是如何在享用下午茶之后，萌生要到森林边沿散步的时候，他们就凭"森林散步"这四个字，一致认定我是遇上了野山猪。

一说到野山猪，他们那一张张布满了皱纹的脸上便涌现出复杂的神情。现在仔细回想，那是一种混淆着害怕与厌恶的表情。他们说，野山猪是一种会撞人还会踩人的森林流氓，在环绕着小镇的森林里，隐居着很多野山猪，有些甚至"妻妾成群、子孙满堂"。在为野山猪做了基本介绍后，他们对我的生还表示十分惊讶，像我这样初来乍到的城市女子，能在遇见野山猪后活着回来，简直就是一个奇迹。就在他们啧啧称奇的时候，围观的人群里忽然走出来一个人，他指着我对大伙说："不奇怪，她可能会爬树！"

这个以为我会爬树的围观者，就是刚才递给我纸巾的老人，安东尼。他说，住在森林边上的人，一般都会爬树，因为那是基本的求生技能。不管任何时候，只要和野山猪不幸遇上，想在它们的猪蹄下保命，唯一的途径就是快速爬上一棵距离自己最近的树。

我恍然大悟，原来爬树在这里是一种重要的求生本领，并开始认真琢磨怎样才能在最短的时间内爬上一棵树。这时，我忽然想起我在森林里遇见的是一只狐狸，不是野山猪。

"狐狸"这两字的出现，让他们一脸诧异，然后便拍案而起，之前对野山猪的害怕与厌恶马上消失，对于狐狸，他们脸上尽是唾弃。

狐狸的话题，虽然让他们滔滔不绝，但话题内容却极度贫乏——他们争先恐后地细数近几年来，这可恶的野兽是如何三番五次偷袭了他们的私人农场，一共叼走了他们多少只鸡鸭，给他们带来多少损失。

他们咒骂狐狸的声音此起彼落，我感觉自己的存在突然变得很多余。

那一天我才发觉，身形娇小的狐狸带给小镇居民的威胁比庞大的野山猪还要大。对狐狸，村民们可是有着咬牙切齿的恨。也是那一天，我才知道曾经属于我的城市文明已不复存在，想要在这个被森林环绕的小镇里四肢健全、长命百岁地活下去，除了要加强方向感的训练和对危机的警觉性培训外，敏捷的爬树本领也不可缺少。因为下一次误入森林时，搞不好真会遇见一群会撞人也会踩人的野山猪。

整个事件中，我唯一感兴趣的问题一直没有引起他们的关注。我几次提高声量问出的"狐狸到底会不会吃人"，始终被他们气愤难平的抱怨声淹没。他们只专注在数落狐狸犯下的种种罪行，自始至终没有给我一个答案。

　　人群散去，我带着惊魂未定的情绪以及被忽略的委屈回到了家，当电话另一端传来妈妈的声音，我就两眼泪汪汪，噼里啪啦一口气说完了我和狐狸偶遇的经过和心情。这一通电话，母亲没有任何插嘴的机会只能一直静静听下去。向来听到我的声音就不停哭泣的母亲，这一次竟然忘了哭。听我讲完所有经过之后，她以颤抖的声音，问出了那个一直让我疑惑的问题——狐狸，会不会吃人？

　　当网络开始出现在小镇的时候，我忽然记起了这件事而输入了"狐狸"和"吃人"这两个关键字搜寻。我一条一条去阅读，最终可以大力拍着胸口，安慰自己不要害怕，因为总结网络上资料的结果是：狐狸只会咬人，不会吃人。

母亲的眼泪

"啊，为了我的孩子，我什么都可以牺牲！"母亲哭着说。她越哭越厉害，结果，她的两颗眼珠随着眼泪，坠落到湖里去，成了两颗最贵重的珍珠。

——安徒生《母亲的故事》

自从兔子先生经过长途跋涉，一头散发、满脸胡荏儿地出现在我家大门前的那一秒开始，我母亲就开始流泪。

在好长的一段时间里，每每跟别人说到我的闪婚，她就会表现出那特别难熬的不安与悲伤。她跟他们说，她的眼泪在兔子先生出现的那天起，就断断续续地流，一直到我随兔子先生离开，在靴子国住下一段时间后才宣告停止。有一次，我忍不住在电话中问起她这件事，并开玩笑地问，她为我流下的眼泪到底一共有多少，她想也不想就回答说："有好几瓮酱油那么多吧？"

母亲以酱油瓮作为液体计量单位，让我觉得太缺乏美感，也缺乏基本的浪漫。我建议她务必要美化一下，应该用酿酒的木桶来代替酱油瓮。可是她始终坚持她的原创，据她说，我随兔子先生离去，给她留下的是一种黑漆漆的，犹如酱油色泽般的悲伤———一种让她自己想不明白，别人也看不透的黑暗情绪。

我的闪婚真的让母亲哭泣了很长一段时间。每次接到我的长途电话，她总是带着哭腔问我过得好不好。当她颤抖的声音传入我耳中，我就会感到她对我的不舍和思念。而我总会强忍着眼泪跟她打哈哈，企图让谈话的氛围染上一丝欢乐。

其实，我打心里明白母亲的感受———她的悲伤来自一种不适应。而这种不适应，则来自我的突然消失。基于种种主观和客观的原因，天天被她诅咒嫁不出去的我，忽然在十分仓促的时间里，把自己嫁到一个离她半个地球的遥远国度，换作任何一个母亲，大概都会有这种反应。

不舍只是其中一个让她哭泣的原因。真正让她哭泣的其实是对我未来的担忧。那时候，她不相信兔子先生真心诚意要娶我为妻，她一口咬定兔子先生要娶我的真正目的是要以婚姻为由，变相把我拐到外国，再卖到当地的风月场所。记得有一次母亲劝我取消婚约未成后，她哭着对我说："人人都说，婚姻就是一场赌局。可是，你赌的不只是未来的幸福而已，你赌的是你的人生与命运！"

母亲觉得兔子先生居心不良，绝对不是一个好人。但是，她也十分清楚，无凭无据对兔子先生的为人下定论，并不具备说服力。于是她努力寻找可以支撑她理论的证据，她甚至舍弃了一个女性应有的感性，企图以男性的理性来观察事情的整体，然后再加以分析。

据她分析，兔子先生要娶我为妻的行为有很多可疑之处。最大的疑点是：我——她的女儿，长相和脾气一样，皆属天奇地怪的那种。能看上我这样的一个女子，并且愿意娶我为妻的男子只有两种：身心不正常的好人和怀有拐骗动机的坏人。所以当兔子先生出现在我家大门口后，我就发现母亲一直在偷偷观察他，她想要知道兔子先生的四肢是否健全，心灵是否健康。

当她确定这来自靴子国的兔子先生不瞎也不傻后，她便断定他是一个品位极为低劣的国际人口贩卖集团的新兵——由于经验不足，所以对外表和身材没有要求。他看中我，只是因为我是一个缺乏恋爱经验的女子，他能轻而易举地以爱情将我欺骗，把我带到外国去转卖。

从我决定出嫁的那一天开始，一直到出嫁之后很长的一段日子里，母亲的泪腺变得特别发达。不受控制的眼泪，就像一个发生故障的水龙头那样，总是没完没了地流着。她跟别人说，她常常会凭空想象我还在家里活蹦乱跳的身影，可是当她忽然察觉我已经远在地球的另一边时，哭泣总是一件免不了的事。每次打电话回家，听见从电话筒另一端传来她几经压抑而变了调的声音，我总会喜忧参半。喜的是，原来自己一直是她舍不得的好女儿；忧的是，我这好女儿离她太远了。很多时候，她的眼泪让我觉得自己是个狠心的不孝女。每次跟她通话，我总是一手紧握着电话筒，一手擦眼泪，偷偷陪她哭泣。

这样的情况持续了很久之后，我才从一个知情人那里得知自己其实并不完全了解母亲哭泣的原因。她说，母亲在我出嫁前和出嫁后的眼泪，有着根本上的区别——出嫁之前，母亲的眼泪的确有严重的担忧和不舍的成分，那是一种以"小我"出发的情绪；出嫁后，母亲的眼泪却是所谓的幸福之泪，那是一种朝着"大我"的方向流下的眼泪。母亲经过长时间跟进我在靴子国的生活状况，确定了我并没有成为国际人口贩卖集团的受害者，这之后，她所流下的每一滴眼泪就没那么有"母爱的温馨成分"了。她说，那个时候，这位本来只属于我和弟弟所有的母亲，摇身一变，变成一个伟大的马来西亚"国母"。因为她亲耳听见我母亲在一次哭泣中，说了句疑似发自内心的话："幸亏她嫁得远远的，祸害外国人去了。"

那个知情人士随后还补充了她在现场看见的另一个情景：我弟弟当时也压低了声音嘀咕着："嫁不嫁到外国并不重要，只要没嫁给邻居就谢天谢地了。"

没有厨房的兔窝

老鼠夫妇和他们唯一的孩子阿修，一块儿住在满是尘埃的阁楼里。阁楼的一角，挂着蜘蛛网，堆满了书、杂志、旧报纸、残破的台灯和洋娃娃。那儿，便是阿修的天地。

——李欧·李奥尼《老鼠阿修的梦》

兔子先生住在一个阁楼里。

当我千里迢迢漂洋过海，来到这个在一般地图上不见踪影的小镇后不久，兔子先生就把我带到一座长长的楼梯前面。他故作神秘地要求我闭上双眼，他说，他要把我带到一座天堂。

那是个长长的、向上攀着的露天楼梯。我闭上双眼之后，他牵起我的手，带着我一阶一阶往上爬，一直把我领到这个在尖尖屋顶下的，他所谓的天堂。

那是一个秋天的早晨，当我再次睁开眼睛，只见清澈的阳光斜斜地从阁楼两扇朝东的小窗照进来，照在阁楼里那深褐色的樱桃木地板上。那种氛围，让我在刹那间有种误闯到童话里的错觉。

阁楼里的家具屈指可数：一张床、一张小茶几、一台电视机、一台音响、一个小橱柜和一个大衣柜。阁楼里有四扇小窗以及一个小露台。陈设和家具十分简洁，放眼看去，是一片让人神清气爽的空旷。

阁楼的底层是他父母的面包坊。据他说，在他十五岁的时候，父母就装修了这个阁楼给他过半独居的生活，让他自己学习成长。在我正想问兔子先生什么是半独居生活时，兔子先生忽然问我是否发现阁楼里没有厨房？

阁楼真的没有厨房设备。

兔子先生说，一直以来，他的三餐全在阁楼底层的面包坊里解决。这间小小的阁楼只不过是他在结束一段旅程之后、开始另一段旅程之前稍做歇息的地方，不能称作一个家。

老实说，这个不能称为家的阁楼让我有点不踏实，因为在我的概念里，厨房是婚姻生活必不可少的地方。我于是问兔子先生有关婚后三餐的解决方案，兔子先生潇洒地说："和以前一样，继续到面包坊里煮呀！"

在我的传统观念里，厨房是已婚女人用来保卫幸福的营地——就像我妈妈那样，每天为了全家人的三餐，一直在厨房里忙得团团转。小时候，看见在厨房里握着锅铲的妈妈，感觉她就像童话里握住魔棒的女巫一样神奇。看她将香料和调料撒在锅里，随便用手里的锅铲翻几番，再翻几番，一道道散发着热气和香味的美食便出现了，让我惊叹不已。妈妈的女巫形象深入我心，所以，小时候当有人问起我长大后的三大志愿时，我总是毫不犹豫地将"家庭主妇"列入。然而，我万万没想到，长大后我竟然嫁到一个没有厨房的阁楼里，立志要当一个尽心尽力的厨娘的愿望，因为没有厨房而无法实现，我很不甘心。

我带着莫大的遗憾跟母亲说起阁楼没有厨房这件事，我以为母亲会和我一样感叹英雄无用武之地，可我却听见她用异常开心的语调说："好啊，那你就可以理所当然地不必下厨了！"

这让我怀疑这些年来，她是不是一直都将负责我们的三餐当作苦差？这使我从另一角度看清了一些事情的真相——人人都说"距离产生美"，但我和母亲忽然拉远的距离，却让我看清了之前不曾看见的现实。她美好的贤妻良母形象，在我心底偷偷打了折扣。

一旦想到自己从一个有庭院的屋子，来到一个连厨房也没有的阁楼，心里总会感到不平衡。一次，我忍不住跟兔子先生建议买一个小炉灶搁在角落里，可是兔子先生怎么也不愿意，他说那会破坏阁楼的美感："下楼到面包坊里去煮，其实也是一件很方便的事情。"

从阁楼到面包坊，必须经过那道长长的露天楼梯。在一年四季里，春、夏、秋三季的晴天，每天上下三趟还行；在雨天，尤其是在寒流频频的冬季，想要吃上一餐就得围上围巾、披上厚重的外套才行。兔子先生因为习惯了，所以从未感觉不便。

每到三餐时间，兔子先生就会把我带到底层的面包坊里，随便煮点东西来饱腹。由于他服军役时是炊事班帮厨，就算是简简单单的一餐，也比我在老家高级餐厅里尝过的所有菜肴更加地道美味。他把多年前在军营里学到的烹饪技术挪移到了面包坊里的小炉灶上，在短时间里，就能以低成本的食材，煮出一道道简单又健康的菜肴。

兔子先生用来为我煮三餐的炉灶十分简陋，在庞大的面包坊里，被一架架制作面包的大型器材环绕着，不留心的话，还真不会发现它的存在。

当兔子先生忙着烹饪的时候，我常会在面包坊里无聊地闲逛。有一次，当我仰头看天花板，好奇地想要精准测出阁楼里每样家具对应在头顶上的哪一个角落，忽然发现大烤炉正上方是我的床位。我兴致勃勃地告诉兔子先生这个新发现，只听见兔子先生哼了一声，泄气地说："有什么好开心的！夏天时，你就会憎恨这个大烤炉了。"

从初秋到盛春的六个月，兔子先生的阁楼的确是一个天堂；但是一旦末春降临，直到初秋，阁楼就会从天堂变成地狱。外面的气温怡人，里面的温度却会因为烤炉长时间的操作急速升高，阁楼就变成了地狱。阁楼的地面是温热的；四面墙中有两面因为排烟管的存在，也变得火烫起来；阁楼里的室温，也在地面和墙壁散热的夹攻下，变得酷热不堪。

确切地说，我的床位正和其中一面发烧的墙平行。这个位置，让我在长达六个月的地狱期里睡得很不踏实，就算我打开所有的窗户，踢开了被单，还是被翻滚在空气中的一阵阵热浪逼醒，无法再度入眠。在睡不安稳的两季中，我经常在起身后无聊地坐到露台上消磨时间，抬头望天，夜空里是一轮皎洁的明月以及满天的星斗；侧耳就能听见来自面包坊里的各种噪音；随意呼吸，就会嗅到飘散在空气中的面包香气。这段失眠的时期，对我来说是陌生的，我于是孤单地想念那遥远的，生我养我的不夜城，我甚至想念穿行在夜里、划破黑夜的车声。

烤炉燃起后的"轰轰"声，让原来寂静的夜晚变得不再寂静。我在盛秋住进阁楼的时候，兔子先生一直要我摸那两面神奇的墙。他告诉我说，就算在冬天，当气温降到零下，阁楼在不开暖气的情况下也有怡人的室温。"但是，夏天呢？"向来在正负两方面慎重思考的我，问出了心底的一个问题。兔子先生挠了挠头，失措了一会儿之后弱弱地说："从盛春开始，阁楼简直就是另一个大烤炉。不离开的话，可能会被烤熟。"兔子先生的回答，让我终于明白他为什么会舍得温带美丽的春天，毅然出现在泰国。

夸张地说，阁楼进入地狱期的盛夏时，当户外温度高达38摄氏度，阁楼内的室温可能超标到42摄氏度。每当这热昏了头的季节到来，兔子先生总感觉自己就是一只快要烤熟上桌的兔子。唯一能激起他求生欲的，是一趟又一趟的旅行。每年一踏入春天，兔子先生就开始了他的逃生计划，首先会停留在北欧避暑，后来由于对货币兑换的考量，他会去亚洲，一直逗留到靴子国进入盛秋，天气有了些许的寒凉，他才会归来。

在既是天堂又是地狱的阁楼里，我的书桌就摆在一扇向西的窗前。每天傍晚时分，太阳就会在我窗前出现，然后就消失在一片如云般重重叠叠的红色屋瓦之中。这特别的日落风景，是我在离开阁楼、入住到一间拥有宽大厨房的屋子之后，唯一的眷恋。

前小镇之花

"什么条件呢？"国王问道。"我有个女儿，长得很美，"老巫婆回答说，"她的美貌无与伦比，做您的妻子绰绰有余。要是您愿意娶她做王后，我就告诉您走出森林的路。"国王忧心如焚，只好答应了女巫的条件。

——格林童话《六只天鹅》

据可靠小道消息说，在很久很久以前，我的婆婆是小镇里一朵娇媚的小镇之花。据不可靠消息说，她出嫁那天，穿着洁白的婚纱，装饰成婚车的马车把她从街头的娘家载到了街尾的夫家，被幸福光芒笼罩的她更加令人销魂。他们说，在这段短短的出嫁路中，她当时的美貌就曾经让一个路人失控了。那个驾着轿车路过小镇的路人成功将婆婆的婚车拦下，立刻摇下车窗，奋力朝坐在马车上的婆婆大喊："请使唤你的马儿，让它把你拖到我家吧！因为我要当你的新郎啊！"

每当提起与婆婆当年姿色相关的种种事迹，这些"往事小道消息发布者"总是会顺便唏嘘岁月无情，摧残了他们当年的第一美女。刚开始的时候，我对婆婆曾经的姿色十分好奇，总是用心收罗来自四面八方的小道消息，想从无数个片面中拼凑出年轻时她的美丽模样。但是到了后来，我才发现这个愿望过于宏大，于是便放弃了——我实在无法把眼前身形庞大的婆婆和传说中的美娇娘联系在一起。

　　有一次，他们为了提起我的兴趣，技巧性地引用索菲亚·罗兰做开启聊天的导语。他们故弄玄虚地问我知不知道索菲亚·罗兰是谁，我想起了那位美丽又倔强、身材一级棒的意大利五十年代性感女演员，因而兴奋地猛点头，他们便又找到一个可以和我继续谈论婆婆姿色的切入点："你家婆婆就是我们小镇当年的索菲亚·罗兰呀！"

　　婆婆比索菲亚·罗兰小六岁。

　　当索菲亚·罗兰风靡整个世界时，刚刚步入豆蔻年华的婆婆也在方圆十公里内风靡一时，在这范围里的男性，均为她天使般的面孔和魔鬼般的身材迷倒了。他们还说，不管是从哪一个方向遥望过去，婆婆曾经前凸后翘的身材，都能令人在三里之外产生遐思。若近距离接触，她秀气的五官、开朗的言谈，让人萌生要和她生死相随的冲动。然而，我的公公却只是个长得有点儿帅的平民，他费尽心思，才从芸芸追求者里脱颖而出，把这朵小镇之花摘到手。

"结果，她被他蹂躏了吗？"我淘气地问。

"不，结果是他被她蹂躏了。"他们淘气地回答。

其实，在兔子先生的自我介绍中，我早已经知道小镇之花以及帅哥平民的存在。兔子先生总是引以为傲地号称自己是小镇之花和帅哥平民的爱情结晶，于是"丑媳妇见公婆"的心理压力，早已不知不觉潜伏在我心底。为了和他们的第一次见面，我耗尽了心思打扮自己——我将紧系在后脑的马尾松开，让及腰的长发如瀑布般洒下。一直穿在身上的牛仔裤也被一件黑色连衣裙代替。我画上了眼线，也涂上唇膏。装扮好之后，我像白雪公主的后妈那样，不断地站在镜子前顾影自怜。每看一回镜子，我越觉得自己无懈可击：要高贵，我就有多高贵；要典雅，我就有多典雅，绝对不会被见过大场面的前小镇之花给比下去。我对自己的装扮十分满意，兔子先生看见我，先是一呆，然后对我的新形象说了句牛头不对马嘴的话："我们现在要去面包坊见他们，不是去舞会呀！"

兔子先生要我卸妆，换上便服，因为据他的经验，我那一身所谓的完美打扮，并不适合出现在他们的面包坊里。他说，白如冰雪、细如粉末的面粉是这世上既让人爱，又让人恨的东西。在美食世界里，它们是不可缺少的食材；而一旦离开美食世界，它们却是一种具有强烈杀伤力的东西。"处于动态的面粉，一旦被吸进体内，就会危害到人的气管和肺部的健康；处于静态的面粉，对一个有洁癖的人来说更是一种将人推到崩溃边缘的小东西。"说到忘形时，和靴子国的男人们一样，他口沫横飞，手舞足蹈，在房里转呀转，指了这儿又指那儿。大幅度舞动双手的同时，他说："你想象一下，这里、这里和这里都被面粉覆盖的样子，是不是很可怕？"我老老实实地点了点头。接着，他劝我说："你听话，换一件纯白的衣服吧。"可我坚决地摇了摇头，依然故我地穿着那件自以为很美丽的黑色连衣裙下楼，到底层的面包坊和他们见面。

那是一个初秋早晨，晨风微凉，我把环在脖子上的长围巾绕了多圈，仍旧冷得直哆嗦。当兔子先生领着我，推开面包坊的门时，从烤炉散发出的热气立刻扑在我身上。在这阵热风中含有高量的面粉，它们随着冷热空气的交换，纷飞在面包坊有限的空间之中。映入眼帘的所有物件，包括公公和婆婆庞大的身影在内，都仿佛被一层薄纱覆盖着。眼前的一切，因此变得如梦如幻起来——帅哥平民不再，小镇之花更加不再了，在我眼前出现的，是两个身穿白色 T 恤和围裙的老人。他们敞开双臂，穿过所有大大小小的面包制作机器，热情地向我走来。

面包坊并不大。超大的木制擀面桌、两架和面器、一架大烤炉以及用来醒面团的木箱子几乎占据了面包坊里所有的空间。这些制作面包时的必需器材，都是我生平不曾见过的东西，对我来说，它们比小镇之花和帅哥平民更具有吸引力。每次回忆起那次见面，兔子先生仍旧记得我对他热情的父母视若无睹，视线焦点一直凝固在面包坊里所有不能呼吸的东西上。尤其对那两架制作面包的古老机器，我兴奋得忘了形。他说，当我抚摸它们的时候，洋溢在我脸上的是一抹单纯而幸福的微笑。然而，我自己却不记得这些，只记得当我跨过面包坊门槛时扑面而来的高温，让我仿佛从寒凉的秋天马上跨入了炎热的夏天。在那个所谓的炎热夏天里，有两个穿着夏装的老人站在那里向我微笑。

当我的目光专注在那些大型机器上时，公公与婆婆趁我不备，将我紧紧拥入怀中。他们抱着我，大力亲吻着我的脸颊，说了一连串我听不懂的话，叽里咕噜的异乡语言，让我手足无措，内心慌张。

他们紧抱着我，久久不肯放开。在不知如何是好的情况下，我向兔子先生投出一串无助的求救讯号。可当我可怜兮兮的眼神到达兔子先生那儿时，我却发现他的视线在我的脸上和臀部来来去去游荡，脸上还挂着一抹幸灾乐祸的笑容。我不明白兔子先生的意思，我越是好奇地看着他，他就笑得越发阴险。我莫名其妙的眼神和他莫名其妙的笑容纠缠了一阵后，他来到我身边，简短地吐出了两个字：面粉。

回到阁楼，兔子先生马上把我带到镜子前，他轻巧地把我的身子一拨，要我看一看镜子中的情形。他的这一拨，把我拨到了精神崩溃的边缘——从窗外斜照进来的晨阳，让出现在镜子中的一切都那么清晰。然而，镜中的我却是一片迷蒙。我在镜子前转来转去，发现自己浑身上下都铺上了面粉——它们把我梳得又平又滑的长发当滑梯；把我用睫毛液刷得又长又翘的眼睫毛当勺子；把我涂了一层又浓又厚唇膏的嘴唇当弹床。一粒粒细微的白点，不均匀地密铺在我的脸上和身上，远远看去，我的头部就像铺了一层薄薄的劣质纱布一般，臀部左右还有一双洁白的面粉掌印。

这使我陷入深深的苦思，我想了很久才明白是那个矮我一个头的小镇之花，在以靴子国的招呼方式把我紧拥到她怀里亲吻时留下的。这两个怎么拍也拍不掉，用水冲洗才能消失的掌印，就像是武侠小说里的如来神掌，才那么两下子，就几乎直接要了我的命。在试图拍打掉面粉掌印的过程中，我发现稍有洁癖的自己，已经徘徊在崩溃的边缘了。

入错行的面包师傅

　　每天早上，当镇上的人们还在睡觉的时候，琼斯太太就起床来开始做面包。她先把炉子烧起来，然后用水、糖和酵母来和面，把面团放到炉火边发酵。

——英国童话《面包房里的猫》

　　三十五年苦闷的面包师生涯，渐渐让公公变成一个更年期的"女人"。

　　他和一般的更年期女人一样，对生命有严重的失落感。原来灿烂如朝阳的性格，也因此有了"晴间多云转阵雨"的精神障碍症状。在人前偶尔会有不分青红皂白的情绪失控，让人难以捉摸。就算在开着玩笑的时候，他也会常常在半途掉入深锁眉头的沉思当中。在他的沉思里，遥想当年一直是他哀伤的主旋律。他总唠唠叨叨地把"如果生命可以重来"挂在嘴边。但是他毕竟是一个男人，所以在说完这前半句话之后，肯定不会将"我才不要嫁给他"

作为后半句，他的后半句是："我才不要当面包师。"

如果生命可以重来，他绝不要再当一名面包师傅。这番悔不当初的由衷感言，因为重复的次数太多，再大的悲哀也变成了滑稽。刚开始，我总在他紧皱眉头深深反悔时，陪他一起叹息。我以叹息来表示对他入错行这件事由衷的同情。可久而久之，当他的眉头皱起，嘴巴稍张，还没吐出"如果"这两个字时，我就帮他将整个句子说完了。他的哀怨的行为，让我不禁联想起祥林嫂——对目前的状况不甚满意，却又无可奈何地必须继续，唯一能将这种憋屈在心里的怨恨发泄出去的途径，不外是将其化作言语，再不断地与不相干的人悠悠说起。

公公给我的印象，真的就像是一个嫁错郎的中年怨妇。只不过他的悲惨，是将一生错嫁给了面包。三十五年来，他每晚九点之前就入睡，凌晨两点半就起身。凌晨时分，他精神奕奕；午餐之后，他便萎靡不振；才刚入夜，他就一头栽进梦乡。他虽然和别人同在一个经纬度上，但是作息习惯，却和别人有着显著的差异。我原来以为他早已经习惯了这种生活方式，但是一次酒后吐真言，我才知道他是不情愿地就这样过了几十年。那一次，喝高了的公公跟我说，他其实一直在后悔学了做面包的手艺，以及开了这家面包坊。因为这不只让他的作息日夜颠倒，过着非一般人的生活，还日复一日地重复着繁重的枯燥。他说，自从他和婆婆一起做面包后，两人的性格有了一百八十度的转变。尤其是婆婆，制作面包的工作，让她从一只身穿碎花布连衣裙、头戴小花的小母鸡，变成了一只满头面粉、手持擀面杖的大公鸡。公公用在婆婆身上的形容词，夸张地让我不禁哈哈大笑，但是仔细回想与婆婆的第一次见面，她还真像一只满头面粉，手持擀面杖的大公鸡。

三十五年来的每个凌晨，他必须在床上磨蹭一阵，才万般无奈地出现在面包坊里。所有的黄金档电视节目都与他没有缘分，就算是他毕生热爱的足球赛直播，也无法让他与睡意对峙，极力保持的清醒，往往只能坚持到赛事开始前的球员介绍。每当开赛哨声响起，足球在草地上没滚多久，他就已经像一粒球那样，滚入了梦乡。他说他的梦里没有任何的球赛，因为疲惫，他的睡眠一般无梦，就算是做梦，梦到的也是一炉子烤焦的面包，然后婆婆的叫骂声就会随之出现，把他惊醒。

因为老炉子需要一段时间的操作，才能达到 230 摄氏度左右（烘烤面包的理想高温），所以当睡眼惺忪的他一踏进面包坊，第一件事就是将老炉子烧起。刚刚烧起的炉子会发出强烈的"噜噜"的噪音，在寂静的黑夜里显得格外响亮。烧起炉子之后，他开始将前一天准备的酵母倒入和面器，然后再加入清水、面粉以及猪油一起搅和。一旦和面器开始操作，他就会为了观察炉子的温度和面团发酵的韧度，在小小的面包坊里来回跑动。他每天睁开眼睛之后的运动量，并不逊于小镇里任何一位到森林里晨跑的人。

公公之所以每天凌晨两点半起身，完全因为他一直坚守古老传统制作面包的方式——燃起大烤炉之后，他将制作每一种面包的食材和用量准备妥当，然后分别用和面器将它们搅和成一团团不同的面团。这些经过搅和的面团，在木桌上经过第一轮的醒发期，在这个过程中，公公才开始煮咖啡，享用他一天中的第一餐。之所以会对这一切了如指掌，是因为我在刚到靴子国时有过冗长的倒时差期。在倒时差的过程中，我一旦在夜里醒过来，就无法再入睡，四周一片漆黑和寂静，让我这个来自不夜城的人感到焦虑难安。因此我常常下楼，到面包坊里待着，也就是那个时候，我了解到了公公众人皆睡我独醒的深夜生活。

在村镇寂静的黑夜中，面包坊里的噪音让我不再寂寞。刚开始的时候，因为语言的障碍，我只静静坐在角落里，看公公和婆婆在这拥挤的空间里忙碌走动。直到有一天，公公交给我擀面杖，以复杂的身体语言配合简单的意大利文教我擀面包团，我才开始成为他的业余助手。在我和他们相处的大部分时间里，我是沉默的，慢慢懂得他们的语言后，我开始尝试和他们沟通。他们也为此感到雀跃，因为在他们单调又枯燥的面包制作过程里，可以和我随意聊聊天，我一旦用错词，或者发音不准，他们就会彼此对视一眼，再失控地哈哈大笑。

每天早晨七点整，婆婆就会离开面包坊到面包店里，开始在店里工作。她一离开面包坊，就只剩下我和公公两人，这时候，最使他兴奋的话题便是遥想当年的欢喜悲伤。我至今一直在想，他和我之间的深厚感情，应该就是在那段时间里培养起来的。对他平凡乏味的面包制作生活来说，我的存在仿佛是一颗清晨的露珠，更是一道从天而降的 3D 异国风景。

当我将时差调回后，公公依然在每天早晨六点就盼望我的出现。他等我陪他一起擀面包团，一起聊天。婆婆说，如果六点半还不见我的身影，他就会如热锅上的蚂蚁那样焦急。婆婆去开店，他就会耐不住寂寞，来到楼梯口呼唤我的名字。有一次，当他知道我订下机票，即将回家探望父母一个月时，就表现出格外的不舍。离开的那个清晨，我背着大背包出现在面包坊里，道别的话还没说出口，他就哭成一个泪人儿。他抱着我说："你千万不能一去不返，你一定要回来陪我擀面包啊！"回到父母家后给他们打的一通电话中，婆婆告诉我说公公因为想念我，在擀面包时，握着擀面杖偷偷哭了。

我常说，如果要将这世上最爱我的男人们弄个排行榜的话，我会把父亲放在第一位，而这位与我没有血缘关系的面包师就在第二位。因为在他眼里，我仿佛就是他最年幼的女儿，他对我的疼爱，远远超出他儿子对我的疼爱。可是，这老好人在退休之后，并没有享受几年悠闲生活，曾经劳碌的生活在他的身体里种下病根。才一退休，他的健康状况就快速走下坡。每动一次手术，他对生命的兴致就下降一些，记得在第五次心脏手术之后，他告诉我他很担忧我的未来，于是立了一份遗嘱，并私下透露了其中与我相关的内容，他说："夫妻难免有磕磕碰碰，但如果我儿子不听你的话，惹你生气了，你就去找我的律师，他会把屋子转到你名下。就算我到时不在了，保护不了你，你也可以名正言顺地把他逐出家门。"

公公退休之后，在婆婆的坚持下，面包坊被装修成一个小公寓，我所熟悉的大烤炉与和面器，一并转卖他人。

在我力保下，醒发面团的木桌子终于保留了下来。面包坊里所有的东西，几乎都和公公婆婆的婚姻有着同样的年龄。他们依照先成家后立业的次序，甜蜜的新婚期刚过，就在机缘巧合下踏入了酸楚的面包行业。一直到我站到他们面前的那个初秋早晨，刚好是三十五年又四个月。

披着羊皮的狼妹妹

在屋子里可更糟，你用不着进门就知道：夏天的时候，窗子会传出吵架和打破杯盘的回声。

——伊塔洛·卡尔维诺《看不见的城市》

兔子先生有一个属羊的妹妹。但属羊者的温和、忧郁与不善于反抗，并没有在羊妹妹的身上有所体现。而属羊者的另两个性格特征——不愿意表露与说明自己的想法，以及在争辩不下时的含怒不语却能在羊妹妹身上找到一半的契合——愤怒到极点的时候，羊妹妹的确是沉默的，但她的沉默并不是在忍让，也不是企图让不愉快在安静中无疾而终；反之，沉默是她养精蓄锐的过程。换句话说，沉默是她给别人的暴风雨前夕的无声警钟——她在沉默中将悲愤转化成力量，以致能在对方不识趣、进一步惹怒她时，随时随地用随手拈来的东西，向那个人发起攻击。

我的母亲属羊，所以当我依羊妹妹的要求，算出她竟然和我那动不动就掉泪的母亲同样属羊时，我第一次对生肖的准确性产生了怀疑。

在羊妹妹的眼里，属羊者的所有性格特征都是遥远而浪漫的，她相信那些都是她潜在的另一面，为了让更多的人了解她这不为人知的一面，她成了研究中国生肖的专家，并且专注分析属羊者这一块。她经常滔滔不绝地向别人炫耀自己生肖的温和，企图在催眠别人的同时也催眠自己。

刚开始我还真以为她的刚烈只是向外人展示的保护壳，对亲近的人，她是卸下武装的温和小女子。可当我对她有了更深一层的认识后，才发现她生起气来六亲不认，对任何人都一视同仁——但凡得罪了她的，都极可能成为她下一个攻击目标。有一次她兴致勃勃同一个朋友说起她那不存在的属羊者的温和时，我低声说了一句话，至今仍旧觉得那是对她的经典评价："她属羊吗？她其实是将一张羊皮披在身上而已，她的真正生肖是狼！"

第一次感觉羊妹妹是一只危险的狼时，她还没回小镇里定居。那时，她住在距离小镇约 180 公里的阿尔卑斯雪山上，她和她当时的男友洛廉祖一起在一个山高水远的地方经营小酒吧，一般在每个星期二的酒吧休息日她才会出现在小镇里。

还记得一个星期四的凌晨五点半，她和男友大吵一场后，马上飙车从阿尔卑斯雪山回到了小镇里。她风风火火踏进面包坊时，我正睡眼惺忪地喝着我的咖啡牛奶，她的出现让公公和婆婆停下了手上的工作，一切仿佛在刹那间静止了。我们呆呆地望着来势汹汹的她，而她却看也没看我们一眼，一踏进门就开口说："我和洛廉祖掰了！"

公布了失恋消息后，她表示她要将酒吧卖了，回到小镇来生活。

这两个消息都来得太突然，平静如湖面的清晨，因为羊妹妹的到来而掀起了狂风大浪，把公公和婆婆原来平静的工作氛围全搅乱了。她失恋的消息，先是让公公婆婆原本因面包制作而呆滞的脸上有了表情，接着，她扬言要回来生活的消息，更是给他二人脸上添加了悚惧。我想他们复杂的心情恐怕就像草原牧民在深夜里隐约听见狼嚎时那样恐慌。

羊妹妹并没有察觉到大家对她的回归的不欢迎。她宣布了那两个消息之后，又风风火火地离开了，踏出面包坊之前，她说："我要赶回去继续吵架！"

对羊妹妹的失恋事件，公公和婆婆坦言不予置评。他们说，洛廉祖大概已经还完了他在上辈子欠羊妹妹的债，现在可以好好生活了。但是，对羊妹妹要卖掉酒吧、回到小镇来生活这件事，公公和婆婆却异口同声地说，他们期望那是羊妹妹开的玩笑，如果她真回到小镇生活，全镇的人都甭想有好日子过了。他们还自我安慰地说，向来冲动的羊妹妹，一般只是说说而已。"据我们对女儿的了解，她会用一段时间来衡量自己在冲动下说的话，衡量了得与失后再做最后的决定。所以啊，她是不会回到小镇里来长住的。"他们乐观地说。

可没过几天，羊妹妹再次出现在小镇，这一次，她给父母带来的惊吓却是永恒的。当时她兴高采烈地宣布已经为酒吧找到了新主人，她告诉父母，她即将回小镇长住的日子屈指可数了。我当时在现场，看见了羊妹妹沉溺在不可自拔的高亢情绪里，同时也看见她父母的茫然与不安。

羊妹妹津津有味地叙述着她在小镇长住的每一个计划，但我们却没有听进一个字。我察觉到她的父母忙碌地用眼神传递彼此的无措，羊妹妹越兴奋，她的父母就越沉重。这样的尴尬一直持续着，直到羊妹妹发觉了四周氛围的不对劲。

短暂的沉默之后，羊妹妹凶巴巴地叉起腰，大声责问："难道你们不高兴我回这里生活吗？"

老实说，那个局面挺难堪的，两位老人家彼此相望，没有一个人愿意先说谎。眼见羊妹妹快因为下不了台的尴尬而发飙时，我为了顾全大局，决定豁出去昧着良心将"非常开心"这四个字大声喊出来，我心想情况再怎么糟，一家人即将团圆毕竟还是一件值得开心的事。

自喊出"非常开心"之后，我就一直在留意羊妹妹的情绪变化，她准备启动的攻击成功被我制止了，她柔柔地跟我说："你对我最好了。从此之后，你不只是我哥哥的妻子，你还是我的妹妹。"

对一个西方人来说，身为大嫂被小姑子当作妹妹，大概是一种跨越辈分的亲昵行为。但我毕竟是东方人，羊妹妹这番掏心掏肺的话对我来说还是略显冒犯了。我虽然脸上带着笑容，但心底不断在嘀咕：我明明是她的大嫂，她怎能把我当作妹妹？

她像一阵风那样卷进了面包坊，又像一阵风般离去。朗朗宣布了她即将回小镇生活的消息后，狠狠丢下一句脏话就潇洒离开。

羊妹妹刚走，婆婆就哭着将门关上，她把背压在门上，然后拎起沾满面粉的围裙，一面擦泪一面将"她回来干什么"这句话重复了好几次，颤抖的声音里带出了无限的凄凉。看着她悲惨的样子，我不禁想起小时候挨在父母身边看的粤语残片——离家出走的男主角忽然带着满脸的胡茬，再次出现在已转嫁他人的女主角面前，掀起了女主角内心的涟漪，她禁不住忆起以前的种种，满心纠结。当她忍住悲伤把男主角赶走后，镜头忽然转为女主角上半身的大特写，她背靠着门，紧紧将拳头握在胸前，声泪俱下，质问苍天为什么要让男主角扰乱她平静的生活。然后，小提琴渐渐响起，煽情得让坐在电视机前的人都觉得苍天太残忍。

羊妹妹回到了小镇，我在和她频频接触后才明白为什么公公和婆婆会对羊妹妹的归来感到恐慌，夸张地说，有先见之明的婆婆，可谓"先天下之忧而忧了"。

传奇的羊妹妹

　　小白羊听到这样的话，吓了一大跳。"要剪掉我身上漂亮的羊毛？不可以！不可以！绝对的不可以！"小白羊一想到自己被剪光毛的样子就使劲挣扎，从巴爷爷怀里跳了下来，跑了出去。

——王静《小白羊与小黑羊》

　　夸张地说，羊妹妹是不是地球人乃至她是不是一个女人，是经常困扰她亲戚朋友的问题。尤其当她的脾气和行为将人们置于尴尬的时候，他们都会禁不住思考她和传说中的外星人，或者男人到底有没有显著的差别。

　　羊妹妹冲动又直率的性格超乎正常人的指标，尖酸又刻薄的措辞也非常人能及。刚开始的时候，我以为羊妹妹是典型的靴子国女子的作风。随着我在靴子国住下、生活圈子扩大了之后，才发现羊妹妹的所作所为纯属她个人特色，不管将羊妹妹撂在哪里，她都会是一个怪胎。

经过观察，在靴子国女子普遍的性格特征里，大概只有"敢爱敢恨"这项勉强可以套在羊妹妹身上。和其他女人比起来，羊妹妹更懂得表现自己的爱与恨——在她的爱里，她的温柔让任何人见着都起鸡皮疙瘩，一旦陷入情网，羊妹妹每时每刻都向男方索吻。那时候，在她的世界里，男方也不再拥有他自己的名字了，她将他唤作"我的爱"，听见的人都错觉自己置身于庸俗的爱情小说里。对恨，羊妹妹也有强烈的反应——身材瘦削的她具备了几乎能伤及人命的爆发力。

严格地说，羊妹妹的身材并不完全是瘦削类，而是"穿衣显瘦，脱衣显肉"的那种。在衣服的遮掩下，谁也看不出羊妹妹发达的肌肉。羊妹妹平日的衣着打扮很中性，配上一头短发，看起来比一般的男性还要帅气凌人。当夏天到来，羊妹妹脱下平日的便装，换上比基尼去海边时，在她身上找不到一块赘肉，并排的六块腹肌，更是让见到的男性们自叹不如。

有一次我告诉她，她的外形与身材让我想起李小龙。一听见李小龙这个名字，她双眼发亮，说："我一直是他的铁杆粉丝呀！"她还摆好准备打架的姿势，用拇指推了推鼻尖，发出李小龙式的吼声。

我原以为羊妹妹纯粹只是个李小龙粉丝而已，没有想到她还真有两手。

有一次，我目睹了她在吵不过洛廉祖时向他挥出的那两拳。虽然洛廉祖成功逃脱她的攻击，但也能看出那是有功夫底子才能摆出的架势。她很谦虚地说，她没拜过师，拳打脚踢的功夫，是看了无数动作片后无师自通的。

洛廉祖劝我平日要锻炼身体，以便有一天羊妹妹对我发起攻击时，能和他一样敏捷地将命保下来。他还说，在惹怒了羊妹妹后，即使在第一时间躲到最远的角落里，也别以为自己是安全的，"只要还和她在同一个空间里，就必须时时警惕"。

在洛廉祖眼中，羊妹妹的气力和瞄准技术，绝不是一般人的水平——就算离得再远，也很少会有侥幸的运气。洛廉祖对我滔滔不绝的那晚，头部还歪歪斜斜地用纱布包着羊妹妹给他留下的伤。我觉得他只不过是在气头上，才会夸大羊妹妹的所作所为。之后我才知道洛廉祖其实并没有夸张，他所说的都是在与羊妹妹五年的同居生活里积累下来的经验之谈。除了咖啡壶，洛廉祖还曾经被羊妹妹抛出的吸尘器、椅子击中过。

回到小镇定居后，羊妹妹和洛廉祖分手了，她交了一个新男友，奥多。奥多是一个有点贫困，也有点潦倒的爵士乐手。

他们恋爱的初期，羊妹妹和奥多犯了所有新坠入恋爱的男女都会犯的错误——极力地掩饰自己的真实脾气。那个时期，奥多是温文尔雅的男士，羊妹妹则是温柔体贴的女士。促使羊妹妹和奥多吵架的导火线潜藏在生活的每一个角落：不小心遗留在冰箱上的手指印，或是从鞋底剥落的泥沙都会使羊妹妹勃然大怒。

羊妹妹的脾气，我们早已见怪不怪，但卸下面具后的奥多，却是我们万万想象不到的。当羊妹妹才开始进入叫嚷咒骂的阶段，奥多的愤怒已经飙升到砸东西的地步。有一次，奥多在气急之下，将手里紧握的一个玻璃烟灰缸重重砸在地板上，他不只将烟灰缸砸成两半，同时也把地板砸凹了。

羊妹妹曾经以为经济情况远远不及她的奥多会对她忍气吞声，可她忽略了一点——奥多再穷，也还是个靴子国的艺术家，先天的大男子主义，加上后天的艺术家脾气，使奥多身上显出一种说不清道不明、类似野蛮女人的霸道与小气。他很敏感，对一件事情挑剔起来，比羊妹妹还要厉害。于是，羊妹妹和奥多的甜蜜的情感蜜月只维持了一小段时间就宣告结束。

当这个短暂的热恋期过去后，我就开始细数在我眼皮底下脱离了羊妹妹魔掌并向奥多飞去的所有东西：扫帚、杯子、咖啡壶、平底锅、水果刀、行李箱、烟灰缸以及木椅子等等，数不胜数，而且都百发百中。在她抛过的所有东西里，最不具危险性的，大概只有奥多的衣服了。

我至今仍想不明白，为什么在那个美丽的下午，我会在漫步田园小路的时候萌生探望羊妹妹的念头。刚从田园拐进通往她家的小道，就听见从老远传来的她的叫骂声，抬眼遥望，只见一件件男性衣裤，雪球似的从窗口飞出，它们在半空略略翻滚后，如片片雪花般轻盈伸展，慢慢飘落到地面上。

我驻足观望着奇景，当窗口不再飞出任何东西后，我想她已经将奥多的衣服抛完，怒气也应该消了。可才走两步，忽然又见窗口飞出来两个破烂的行李箱，它们从我头顶划过，落地时发出巨大的两声"砰"响。随着行李箱的着地，羊妹妹的叫骂声也戛然停止了，我抬头仰望着头顶那扇窗，心想羊妹妹此刻大概也发泄得差不多了，凭我看小说和电影的经验，一般女人这时一定在后悔地掉眼泪，奥多应该已经把哭泣的羊妹妹搂在怀里，一面叹息安慰一面认错。

想到这里，我马上迈开大步向他们家走去，在不看重辈分的西方人那里，我想趁此机会亮一亮向来被漠视的大嫂身份。我要以王熙凤的架势到他们家说教几句两性相处之道，同时也将自己摇摇欲坠的大嫂身份平稳地找回来。可才向前挪进几步，就听见了羊妹妹从牙缝里挤出来的两句话——"你滚不滚？""我现在要扔你的三角钢琴！"

羊妹妹扬言要扔钢琴后，我马上听见一阵阵武打电影中才有的运气声，接着就是钢琴和地面摩擦的声音。我惊骇之余，失去了视线的焦点，也丧失了拔腿逃跑的能力。我绝望地抬起头，想求老天爷网开一面，别这么快就将我招去的时候，才发现头顶上那一片天空竟湛蓝得如此令人不舍。

可能是下意识想忘记，也可能是无意识的失忆，我至今无法记起那天是如何回到家的。这段惊悚的经历，让我短暂失了忆，尽管想从记忆中挖掘出这段过往，但屡试屡败，所有努力只是徒劳。

这段空白的记忆一直延续到很多年之后，我要动笔写这本生活散记时，才决定去问一问羊妹妹有关那个下午的后续。她对我的疑问一头雾水，完全记不起那一次和奥多的争吵。经我一再提醒，她才笑着说，知道奥多心疼钢琴，所以每次吵大架时，她总会说要抛钢琴。

说笑间，羊妹妹忽然记起她当时不曾见过我的身影："你怎么知道我要把三角钢琴扔下楼的？"我老老实实告诉她，我曾经在那扇窗下面，因为害怕真会被钢琴砸死，所以不吱一声就逃跑了。

我一说完，她发出了大笑："你也真笨。钢琴那么大，窗户那么小。就算我有再大的力气，也无法将钢琴推出窗户，把你砸死的呀！"

潦倒贵族

这位曾经一度豪富的绅士，现在手中拿着一根棍子，带着他的三个女儿走出了波列埠的公馆。我在他灼热的脸上吹了一阵寒气，我抚摸着他灰色的胡须和雪白的长头发，我尽力唱出歌来——"呼——嘘！去吧！去吧！"这就是豪华富贵的一个结局。

——安徒生《一个贵族和他的女儿们》

很久很久以前，在一座山下，有一条蜿蜒迂回的河流，河流边是一片翠意盎然的土地。在这里，住着一位贵族小姐，她美丽的外表与温柔的性格，使她得到许多来自各地名门望族的公子哥的仰慕；她亲和友善的态度，也让她受到了普通老百姓的爱戴。

在她眼里，当时社会的阶级制度充满了不公平。她认为，所有的人与事都不应该有贵贱之分，所以，当她情窦初开时，无视了当时的社会观念，与一位看守宫殿大门的门卫小帅轰轰烈烈地恋爱了。

有人说，他们的情感是上天的安排；也有人说，这段情感是她刻意挑战社会阶级观念极限的行为。无论怎样，她与门卫小帅的恋爱，引起了上层人士的非议；他们悬殊的身份地位也成为当时保守社会的八卦娱乐。她的家族因为不堪承受来自四面八方的压力，纷纷劝贵族小姐三思而行，希望她能在这段刚刚发展的感情里悬崖勒马。他们还说，只要她能在最短的时间内把这门卫小帅忘掉，他们马上就会找一个门当户对，而且更帅的贵族公子给她当夫婿。可是，贵族小姐誓死不依，压力向她涌来，她甚至冲动地想过要步朱丽叶的后尘。可她毕竟还是冷静了下来，经过思绪的沉淀后，一个绝世的流氓诡计闪进了她的小脑袋——未婚先孕。她相信只要"生米煮成熟饭"，他们的爱情将会是一首永恒的恋曲。于是，她在最短的时间内将这诡计付诸行动，并且如愿以偿了。

当她把怀孕的消息告诉家族时，家族备感蒙羞，为了不让这宗丑闻大面积曝光，他们在商讨后急急忙忙给了贵族小姐和门卫小帅一笔丰厚的金银财宝，将他们流放到一个远在天边、寂寂无名的小村庄里，再也不准他们回到那块美丽的土地。

讲完这个故事，羊妹妹故作神秘地不再言语。她静望了我一阵子，接着说，故事中提到的那个远在天边的小村庄，就是我脚下的这块土地。

羊妹妹跟我说这个故事时，脸上呈现了一副如梦如幻的神情，她沉醉得仿佛自己就是故事中那位贵族小姐。

她要我猜猜那个贵族小姐是谁，我想也不想地回答说不知道。

"难道你没发觉我和你老公和别人比起来有一种不一般的气质吗？"她问。

"哦，完全没有哦。"我老老实实地回答。

听了我的回答，她失望了一会儿，然后大大吸了一口气，重振了被打击的情绪，挺起胸膛骄傲地说："反正那个被流放的贵族小姐就是我和你老公的曾曾曾外婆。"

她说，曾曾曾外婆和曾曾曾外公拿的流放费数额相当大。除了金银财宝之外，还有土地、森林和房屋，占小镇当时总面积的六分之一。可由于小镇生活太寂寥，贵族小姐和门卫小帅一在小镇安定下来，就只能不断地生孩子。他们的孩子们，在寂寥的小镇长大，长大后也因为小镇生活的寂寥，而不断地生孩子。就这样，一代一代下来，原来孤零零的两个流放人变得子孙满堂、家丁兴旺。庞大的流放财产，因为一再分家，变得零零散散，到了兔子先生和羊妹妹母亲那一代，已经所剩不多，又经过"二战"的洗礼——能充公的充公，能变卖的变卖，贵族小姐和门卫小帅的后裔生活每况愈下，拿羊妹妹的家庭来说，原占小镇总面积六分之一的家产，如今就只剩两栋房子、三片森林和六座田园。

每当说起曾经的庞大家产以及显赫的身份地位，羊妹妹总表现得很不平衡。有一次在餐后闲聊，她又老调重弹："为什么我那曾曾曾外婆那么不听劝？如果她当时答应忘掉那个门卫小帅的话，一定会嫁给一个比门卫小帅更帅更有钱的贵族公子。要是那样，我今天仍旧是一个贵族小姐。"

她对她的曾曾曾外婆恨铁不成钢，在越说越气的情况下，她会将其中一条腿奋力摇晃。我偷偷看了看眼前的她，觉得不单与"贵族"这两字沾不上边，连称呼普通女性的"小姐"二字，和她也八竿子打不着。我对童话故事中的贵族印象，因她而幻灭。

每次提起这个家族史，她就会冲动地想马上回到那个贵族家庭里认祖归宗。她曾无数次鼓动身边的亲戚和她一起前往，被鼓动得最频繁的就是兔子先生。

有好几次，兔子先生几乎成功被她说服要一起去团聚。一直冷眼旁观这两兄妹，竭力保持沉默的我，终于在一次兔子先生决定要"认祖"时，忍不住说出了一直憋在心里的话："在从前，未婚先孕是一件挺丢人的事，古老的东方国家，单是私通，就要被浸猪笼；今天的中东，很多私通事件的当事人会被丢石子至死……"

我当时只自顾自地说，丝毫没有留意四周的情况。据兔子先生说，羊妹妹有先见之明，她在我还在陈铺阶段、未进入正题前，就已经猜到我要把他们的祖宗狠狠地数落一遍。于是，在我继续高谈阔论之前，他看见羊妹妹已经在极力压抑快要爆发的情绪。

我顿了顿，继续说道："在古老的欧洲，私通肯定也不是件光彩的事。你们祖先不只私通，还未婚先孕，这大概可以算作非常可耻的了。命能保下来，还得到了一大笔流放费，他们的家族已经是宽宏大量，仁至义尽了。你们现在要回去查族谱、认祖宗，但查到了又怎样？这些原本不记得你们祖先干过什么的贵族们，因为你们的出现而去查家族史，可能还会在背地里嘲笑你们是奸夫淫妇的后裔，身体里流淌着淫荡的基因呢！"只见羊妹妹"轰"一声站起来，原来在空中摇晃的脚忽然踏踏实实踩在地面上，她直着身子，指着我鼻子半天说不出话来。只僵持了一会儿，她又像泄了气的球那样瘫坐回椅子上。

重归贵族家庭认祖归宗的伟大志向遭到我的打击，羊妹妹一直呆在椅子上久久不再说话。沉默许久后，她指着我跟兔子先生说："我很担心有一天我真会杀了这个现实又刻薄的东方女子。"

透明的血液

年轻的渔夫听到这些话后，他浑身发抖起来，对他的灵魂说："不，你是很坏的，甚至使我忘记了我的爱人，并用多种诱惑来引诱我，还使我的双脚踏上了罪恶之路。"

——王尔德《渔夫与他的灵魂》

婆婆告诉我，杀死爱情的两种方式是：1. 嫁给他；2. 和他一起工作。

为了加强可信度，她举了她曾经的爱情做例子。她说，当初就是因为不信邪，她与公公的爱情才会被双料谋杀。

她说，在她年轻貌美的那个久远年代，追求她的人数不胜数，其中，幽默又真诚的公公甚为突出。才尝试相处不久，她就和他一起在爱情里找不着北了。他们发誓要生生世世在一起，就连每一刻也不愿意分开。于是，他们以分期付款的方式，买下了两栋只相隔一条小道的房子：一栋用来当公公的面包坊；另一栋用来当她卖面包的店。他们誓死要这样"门当户对"，相守一辈子。

面包坊的正门对着面包店的旁门，这两扇门中间有一条小通道，只要这两扇门敞开着，婆婆随便一瞥，就会看见所有在面包坊里进进出出的人；同样地，站到面包店柜台前的人也在公公的视线下无所遁形。爱情的魔力，让他们两个人都心甘情愿在这样完全没有个人私密的空间里一起工作。他们把这种对彼此的牵绊视为幸福。

婚姻初期，不论炎夏寒冬，这两扇门一直敞开着，他们总能在忙碌中，给另一扇门中的那个人一个微笑。那可真是一个甜蜜的时期，就算从门外吹进的是严冬的飕飕冷风，他们也会感到徐徐春风般的温暖。可是，他们毕竟不是童话故事中的公主和王子，这种浪漫情怀并没有延续下来。和这世上的每一对夫妻一样，结婚之后，生活上和事业上的磨合给他们的爱情带去极大的考验，以致他们的爱情，在进军婚姻不久，就宣告阵亡，他们自己也成为在爱情里牺牲的烈士。谩骂和埋怨取代了往返在那两扇门之间的视线与微笑，当他们觉悟了"眼不见为净"的真理后，这两扇门从此紧紧闭上。

爱情阵亡后，公公依然活得开朗豁达，然而婆婆的情况却恰恰相反。她说，她曾经为苟延残喘的爱情哭过，为了那段日渐褪色的爱情，悲伤了很多年，眼泪早已流干。说着说着，她又哭了，豆大的泪珠从眼角滴落。

眼泪滴滴答答的她，忽然想到流泪的行为简直就像给自己掌了一个大嘴巴——之前，她曾夸张地说她的眼泪早已流干，如果眼泪流干了，那么现在从眼角流下的，又是什么？她慌张了一阵，忽然急中生智，竖起食指，指着挂在眼角的泪珠说，那其实都不是眼泪，"这是我一串串透明的血液啊"！她刻意将这句子拉长来说。因为气短情长，句子中最后那个"啊"字还因她气不足而微微带着颤音。

透明的血液，这五个字透出一股浓浓的诗意，所以我坚决不相信婆婆是这句话的原创。诗一般的句子，经她造作地朗诵，原该有的凄凉且飘逸的诗意，也和她口中那段曾经的爱情一样——意外死亡了。

玫瑰与小鸡

珍珠玫瑰这才知道有一种叫作玫瑰的鲜花：有白色的、紫色的和红色的。现在它再也不能等待了。为什么要等呢？等到什么时候才算完？它急不可待地要尽早去看看海上世界的各种奇迹，它开始憎恨海底世界，甚至那令人陶醉的海浪声也使它感到厌烦。

——格·奥璐依奇《珍珠玫瑰》

我在靴子国度过的第一个生日，收到兔子先生送的一束红玫瑰。

他说，他本想老老实实带我去大吃一餐，但是羊妹妹坚决反对。她不只要他送花，还要他送玫瑰，而且必须是红的。于是，他才买了那一束红玫瑰。

那可是我生平收到的第一束花。满怀如火的红，让我不知道怎么跟兔子先生解释——我一向坚持花朵的命运最好要遵守大自然的规律，循规蹈矩地在其枝叶上含苞、绽放、凋谢。抱着那束红玫瑰，我其实想跟兔子先生说，或许带我去大吃一餐比送我玫瑰更有意义。但为了不扫他的兴，我就想过几天再找机会同他婉转地说一说，可是这一搁又忘了，直到第二束红玫瑰的到来。

兔子先生并不是一个浪漫的人，他之所以会送花，完全是因为羊妹妹灌输的错误观念——但凡女性都爱玫瑰。天生爱好数学和哲学的他，从小就认为凡是和浪漫扯上关系的行为和举止都是劳民伤财。长大后，他更以理性的论证配合系统化的方法来过着每一天，于是他和浪漫的距离，越来越远了。他总自认不俗，也不浪漫，并且以此为荣，但是送了玫瑰我又不领情这件事，他恍然发觉自己原来是一个浪漫的俗人。这个发现，给他带去不小的打击。我曾经安慰他说，浪漫其实并不像他所想的那样无谓和无聊，所以他不应该感到丢人。我还说，浪漫这东西，就像是一种潜伏的"病毒"，静悄悄地沉睡在他体内。一旦被这"病毒"袭击，就算他再理性，再鄙视浪漫行为，也会被无意识的思维控制，莫名其妙地做出平时觉得愚蠢的事来。

"就比如，给你送花？"他问。

"就比如，给我送花。"我答。

我的坦率，仿佛给兔子先生当头一棒。他错愕了一会儿，屈辱感紧随而来，他气得两眼发直，许久找不到一句应对我的话。憋屈了一阵子后，他从牙缝间挤出了一句话："你是一个心灵残缺的女子！"说完之后，他还发誓从此不再给我送哪怕是一朵花。

　　在靴子国过第二个生日前夕，兔子先生直截了当地问我希望他送上什么样的生日礼物。我当时想，在一起都一年多了，他大概也知道我最贪吃。于是，我婉转地说："什么都好，只要是可以吃的就行。"

　　隔天，我收到他送的二十只小鸡。

美味的回忆

一天，狐狸路过村里的养鸡场。里面的鸡活蹦乱跳，把小狐狸馋得直流口水："这里的鸡又肥又大，要是捉一只来吃，味道一定很不错。"

——朱邦志《背信弃义的小狐狸》

别人养鸡，天天得防备勇闯私宅的狐狸。我养鸡，天天得提防在我私宅进出自如的贪吃婆婆。

每当她将眼神聚焦在我的鸡群上时，总会流露出一丝复杂的光芒。有意无意间，她也会提及记忆中，自己母亲曾经以土鸡为主要食材，为她煮出的一道道佳肴。我曾经单纯地以为那是一个纯粹的怀旧话题，直到有一天，她亲口问我愿不愿牺牲一只鸡来满足她在味觉上"重返过去时光"的希望，我才发觉她的食欲远比狐狸来得强烈。她，比狐狸更加狡猾和危险。

仔细回想，我的鸡群还是毛茸茸的小鸡时，她就以混杂

了遐思、贪婪和迫切的邪恶眼神一直盯着它们看。不管是谁，都能从她的眼神中看出她恨不得小鸡们快快长大的心理。

我原来以为这种眼神只不过是睹物思人——鸡群让她想起曾经煮土鸡给她吃的母亲。但是，经过长时间观察，我才渐渐发觉事态的严重性——我婆婆拥有的纯粹只是贪吃的心。她复杂的眼神，和在小镇务农的人们有异曲同工之处，但凡看见可以吃的，不管是在天上飞的，还是在地上跑的，他们都会有过度的惦记，只要一进入他们的眼帘，原来活蹦乱跳的身影就会不复存在，原本活着的飞禽走兽都会变成幻想中的美味佳肴。

为了保卫我养鸡生涯的平静和快乐，我刻意漠视了婆婆对它们虎视眈眈的眼神。眼看鸡群越长越大，越长越肥，她就更加频繁地跟我说起餐桌上曾经的鸡肉大餐。那一段又一段的美味记忆，和我越养越肥的鸡，总把她的思绪拉回她还是个大地主千金的岁月中。无形的记忆，常常折磨她不再满足的味蕾，当她安静下来，放空的思维就会自然而然飘到我的鸡群上，只要一想起我的鸡群，她就会屁颠屁颠来找我聊天，而她找我聊天的目的，不外乎是用那遥远的美味记忆来动摇我保卫鸡群的坚持。

婆婆夸张的叙述能力，加上我天生丰富的想象力，使小镇在那个年代的美好淳朴生活在我脑海中历历浮现。在我想象中，小镇里每家每户都是一个个独立的农家小院，他们都拥有自己的菜园和农场，利用屋子周边的空地，种上蔬果或饲养家禽。他们以劳力自给自足，菜园的收成和家畜就是他们每天的基本食材。他们会用醋泡来储存吃不完的蔬菜；过多的水果，多以糖浸或煮成果酱来储存。然而，家畜……当她说到这一块时，眼睛就会随着不同的家畜发出不同的光彩。尤其当她说到猪和鸡的时候，简直就进入了痴迷状态，就连大葱西红柿焖鸡这道至今还没失传的家常菜，也被她说得仿佛是绝世菜肴一般。

说到每年二月宰杀猪来制作香肠的季节，她就会为那再也找不着的味道抓狂。据她形容，在这个季节里，每户人家都动员了全部的亲戚朋友，大家互相帮忙，从把猪牵到空地宰杀到灌制成香肠，前后至少需要两天的时间。

他们把猪骨头用来熬汤，把猪内脏焖成猪杂。他们以烟熏、风干或者盐腌的方式来处理猪腿、背脊肉、五花肉和肥肉等等。剩下的就剁成小丁，混合调味料，灌成香肠。灌好的一串串香肠，高高地挂在地窖里风干。在我的想象中，串串香肠并排在一起，就好像一面散发着猪肉香、可以吃的帘子，单是想到那个画面，就让我觉得滑稽。

婆婆如此形容私家灌制的香肠："因为香肠是以自家养的健康猪制成的，原始的猪肉香就已经让人陶醉。加上手切的肉丁大小和厚薄不一，所以那个口感啊，简直啊……"说到这里，她会眯起眼睛，不再继续，表现出非常沉迷的神态。然后，她会以慢动作提起她的右手，再缓慢地在空中不停转圈。这个动作，是靴子国人们用来形容"非常"的典型手语。她之前说的话，配合这个手语，的确可以让她省略掉若干形容美味的词汇。

　　婆婆只要一陷入回忆，我就会开始慌张，因为她很快就会在回忆中进入忘我的境界。她的忘我，的的确确会完全忘记自己的年龄和举止神态。她在回忆的时候，是既可爱又可怕的——经不起岁月考验的外形，一旦和回忆碰撞，她的脸上总会出现一种很不符合实际年龄的天真与浪漫。所以我那位已经七十岁的婆婆一旦跌入了七岁的记忆中，她圆如土豆般的身形，和皱褶如白菜叶子的脸上，就会涌现出一个小女孩的活泼和调皮。一种严重的不协调会向我袭来，挑战我审美的容忍力。

　　在煮鸡和吃鸡上，婆婆毫无疑问是一个大师级人物。她养鸡方面的知识也并不逊色。她说，天气寒冷的冬天是为鸡群养膘的最佳时节，在这个季节里，饲料不只要加倍，每天最好还能煮上至少一顿热食给母鸡们吃。如果让母鸡们听天由命的话，它们在严寒冬天里下蛋的数量，肯定不是一般的少。所以，为了在冬天还有数不尽的鸡蛋可吃，就必须要向老一辈的人学习，也给我的鸡群每天吃上至少一顿热食。她说："你每天早上起来生柴炉的时候，顺手搁一大锅水在火炉上。水热了，你就可以将麦穗和吃剩的面包倒入水中。然后让它离火，泡胀。麦穗和面包泡胀了之后，趁热赶紧给鸡群送过去。这样，温和的食物就会温暖母鸡的五脏六腑。"

在婆婆私人教授的养鸡课程里，最让我恶心的是"清理鸡舍"和"鸡粪的使用"两个环节。隔三岔五给鸡舍进行一次清理是必须的，她要我用铲子将鸡粪铲出来，然后堆放在露天的地方，堆积起来的鸡粪经过三年左右的风吹雨打日晒，就会成为上佳的有机天然肥料。春耕时，将这些陈年的鸡粪碾压成粗细不一的碎末，再和泥土混在一起使用，无论是用来种花还是种菜，都会有出奇好的效果。

只要说到鸡，婆婆就会滔滔不绝。她可以从小鸡饲养方式，说到鸡肉的美味，然后再绕到鸡粪的种种用途。无论怎样把鸡群的话题翻来覆去，她结束聊天的话题却始终只有一个——"我想我很快就可以从你的鸡群中，挑几只最肥美的来吃了。"

两个坏人

啊上帝！请给每个罪人一只母鸡！我是个小小的罪人，请给我一只母鸡和一只小鸡！

——卡尔维诺《美丽的威尼斯》

在靴子国语言对我来说还是火星语的阶段，我跟家乡的朋友形容我的异乡生活就像一部默片——简单且精彩，但大部分时间是无声。我朋友听后劝我别再自欺欺人，他们一致认为像我这种一有机会就霸着说语权不放的人是怎么也无法在无声的世界里存活的。他们说："别死撑了，你还是快点回来吧！"

这两个极端的生活氛围，给了我很大的冲击。刚到靴子国时，我的确想念入世的喧闹，但后来，出世的宁静却渐渐让我沉淀了。我在平静中开始留意到，白天里天空有不同的蓝，以及月亮每晚散发不同的黄。大多时间，我是沉默的，想要说说话的时候，邻居的猫，以及我的鸡群自然就成了我的聊天对象，它们让我有一种相依为命的情感。

邻居的猫，一律被我叫作猫咪，而我的鸡，都有它们各自的名字。有一只特别通人性的秃颈母鸡，因为和我特别亲近而被我唤作 Amica。

Amica 的中文直译是"阿密卡"。在靴子国语言里，它是"女性朋友"的意思。每每听见我的呼唤，它就会拍着翅膀，以最快的速度向我飞奔而来。斜着头把我看上几秒，确定是我而不是险恶的婆婆后，它就会挨在我脚边蹲下。这种一呼一应，常常让我有流泪的冲动。动物们的灵性会唤起人类迷失在繁忙和缤纷现实生活里最纯真的情感。而我的鸡群，尤其是阿密卡，在我生命里就扮演了这样的角色。它让我重获这种神秘又珍贵的感觉。我建议朋友们也养一些动物，借助这种心灵上的沟通，唤醒自己内心沉睡不醒的童真。可我的朋友们都不那么认为，他们依然周而复始地在白天朝九晚五、晚上夜夜笙歌的生活轨道上循环。每当听见我说起我的鸡群，他们就烦不胜烦地转移话题。大家都觉得我的精神出了"状况"，他们把自己当作医生，把我诊断为抑郁病患，还在私下分头搜查资料后，把我拉进了群聊。

在群聊中，他们婉转地告诉我，匆匆忙忙离开故乡来到异乡生活的人，患抑郁症的机率会比一般人高出好几倍。病情发展到了后来只有两个结果：轻者变成一个不只能和鸡交流，和石头或木头也能滔滔不绝的真正精神病患；重者成为一个再也说不出话的厌世者。一旦成为厌世者，自杀则是一个可预见的结局。

我当然不听他们的劝导，依然故我地沉迷在这种生命与生命之间、不必言语的交流方式中。但是，我快乐，我的鸡群却不和我一样快乐。它们活在压力之中，因为我贪吃的婆婆不断用眼神和言语骚扰它们。我的鸡群在她不怀好意的目光下，战战兢兢地成长。每当她趴在篱笆上遥望它们的时候，脱口而出的第一句肯定是："啊呀，它们真是肥美呀！"

当鸡群还小的时候，她看它们的眼神还只是单纯的盼望。当鸡群们长大后，她的眼神却成了一种邪恶的渴望。不管是盼望还是渴望，因为得到我特别关爱而长得格外肥美的阿密卡成了婆婆的首要宰杀目标。她贪婪的眼神经常聚焦在阿密卡的身上，每次看着阿密卡，她总会将那句"真是肥美啊"说得特别响亮。任谁都会听出她对它有不一般的兴趣。在一次忍无可忍下，我不客气地回驳她说：

"你比它更肥美！"

这两句透露淡淡幽默和重重杀机的对话，至今偶尔会被我当作笑话提起。听到的人说，如果我婆婆是东方婆婆的话，我肯定会马上被逐出家门，直接送回娘家。

促使阿密卡肥美到那种程度，却是我之罪。它像依赖一位大姐姐那样依赖着我，而我像疼爱一个小妹妹那样疼爱着它。只要我一出现，它就会挨在我身边。尽管我在不远处撒满了饲料，阿密卡也不为所动。仿佛只要跟我在一起，它就别无所求似的。它的亲切带给我深深的感动，偏爱由此而生。为了不让阿密卡因陪伴我而挨饿，我常常把两大把饲料放在它的面前。只要其他鸡企图走近，我就会用脚撩开它们。于是，阿密卡越长越胖，最终吸引了婆婆的视线，成为她眼里的第一个目标。

婆婆的贪婪，随着鸡群们在体积和体重上的暴增而达到了无法抑制的地步。无论是眼神还是言语，都充分显出她对我的鸡群的惦记。这种惦记到后来演变成猛烈的杀气——只要她一靠近，鸡群们都感受到了生命受到威胁而"咯咯咯"地叫，就像是一串紧急的求救讯号那样，在鸡群中此起彼落，一直到我的身影出现，才微微消停。独自面对婆婆恶意四射的眼神时，我的鸡群是惊慌失措的。但是，一旦发现我的存在，它们原来的惊慌马上消失，取而代之的是不可一世的睥——它们伸长脖子，昂起头，纷纷向婆婆抛去调谑性的张望。这种调谑的眼神，引发的却是被调谑方更大的不服和更强的食欲。于是，婆婆说："在它们真正变坏之前，都吃了吧。"

婆婆最终并没有如愿以偿，这场鸡群和婆婆之间的心灵战斗终结在鸡群集体失踪的那天。

在鸡群失踪事件里，婆婆是我心里唯一的嫌疑犯。鸡去舍空的那个清晨，我蹲在空荡荡的鸡舍正中央，号啕大哭了一回又一回。每次哭完，闪进我脑海的是婆婆在大口大口吃鸡的情形。一想到她摸黑偷偷犯下的这个罪行，我就会站起身，发疯似的在院子里兜转，一心想寻获她作案时不小心留下的证据。直到我发现篱笆上有一个直径45厘米的洞口后，我的侦查行动才宣告停止。婆婆终于证明了她的清白。因为这个洞说大不大，说小不小，但是以婆婆庞大的身体是绝对无法钻进去的。再说，她有钥匙，根本不必劳神伤身去剪破篱笆，钻进来偷鸡。

解除了婆婆的嫌疑后，她成了我的精神依靠。我红着眼睛，肿着鼻子，拖着沉重的脚步，来到她的面包店。当我走进面包店，一路压抑的眼泪又开始流下。她毫不知情，以为我被鸡啄了。她向我走近，先大力拍了我的背，再大力拍她自己的胸口。她自告奋勇地喊着要杀我的鸡，为我报仇。她拍案叫道："告诉我，到底是哪一只啄你了？谁啄你了，我就去把它杀了！"

婆婆嚷嚷的那番话，在别人看来肯定认为她是一个好打抱不平的大侠女。可我毕竟太了解她，深知她声张的正义只不过是表象，立誓要为我报仇也只不过是饱腹的借口。短短的一个早晨，我从偷鸡贼和婆婆身上看到了所谓的"人性"。我觉得人性太丑恶，现实太残酷，生命也因此没有了意义。

虽然婆婆没有像我那样一把鼻涕一把眼泪地咒骂偷鸡贼，但是她流利地将很多狠毒的语言说出口，甚至诅咒小偷被鸡骨头噎死。她的恨，只不过因为小偷破坏了她的吃鸡计划。别说最肥美的阿密卡，她连我鸡群里最瘦弱的那只——罗拉的肉也无缘品尝。想到这些，想到我无辜牺牲的鸡群，坐在面包店里的我，再次号啕大哭。

大公鸡、小黄莺、羔羊和老狐狸

国王的儿子墨勒阿革洛斯挺身而出，召集一批猎人和猎犬来捕杀这头凶恶的野猪。他邀请全希腊最勇敢的人前来围猎，其中有亚加狄亚的女英雄，阿塔兰忒。

——希腊神话《墨勒阿革洛斯与野猪》

公公说，自遇见婆婆那天起，他的心会因为她的每一次出现而狂跳不止。虽都是心跳，以前和现在却有本质上的不同——以前是激动；现在，则是害怕。他还用我喜欢的鸡来做比喻，形容婆婆在这些年里神速的变化。首先，他要我想象一只身穿碎花连衣裙、头戴小花的小母鸡。然后，他又要我想象一只满头面粉、手持擀面杖的大公鸡。他说："你婆婆就是从那样的小母鸡变成这样的大公鸡的。"我听后大笑，由衷佩服公公丰富的想象力和诙谐的语言。

婆婆几乎每天都找公公的麻烦。每次看见她浑身面粉、紧握擀面杖朝公公比画和吆喝时，我就会想起和公公聊天的那个下午，以及公公对婆婆活灵活现的形容。有一回，我问兔子先生是否还记得小时候，身穿碎花连衣裙、头戴小花、"小母鸡"时期的婆婆。兔子先生歪头想了很久才说，自他懂事那天起，他就只看见婆婆想方设法欺负公公，至于那个"小母鸡"时期，他说："那只不过是一个无法考证的传说而已。"

每回看见婆婆对公公发脾气，兔子先生脸上总会露出一丝怜悯。我原以为他怜悯的人是无辜遭殃的公公，可是他后来澄清说，其实婆婆更值得怜悯，无情的岁月和残酷的社会联手摧毁了包括婆婆在内全世界女性的温柔，所以婆婆是一个受害者。但当婆婆将气出在兔子先生身上的时候，兔子先生则又认为无情的岁月与残酷的社会催长了婆婆身体里潜伏的神经病基因。

当兔子先生不巧遇见婆婆欺负公公的时候，他多会明哲保身，视而不见。他既不阻止婆婆，也不维护公公。针对公公调侃婆婆的"小母鸡与大公鸡"的刻薄言论，兔子先生以为公公在批评了婆婆的脾气同时，也对她庞大的身躯进行了人身攻击。他认真思考后，决定要把全体西方女性同胞都扯进这潭浑水。他说，生理方面，婆婆和成千上万的西方女子一样，在生命的跑道上，很快就被无情的岁月淘汰。她们天生就有基因变异的元素存在，加上后天的高热量饮食习惯，一般的西方女子在二十岁之前，都是一朵朵美丽的小花儿，一旦跨过了二十大关，身形一般都会开始横向发展，渐渐成为胖女子。就算是其中罕见的瘦削型，也会瘦得皮都松了，老化得特别快。我不知道他的这个理论可信度到底有多高，只是忽然觉得，在西方，一朵朵小花儿都只拥有短暂的绽放期，凋谢之后，都会结成一颗颗圆圆的果实，并且还十分硕大。

至于西方女性在心理方面的蜕变，兔子先生却顾左右而言他，久久没有把我带入正题。思考了很久之后，他说："在心理方面嘛，东西方的男男女女大概都逃不过现实生活的折腾，到了后来，大家为了保卫自己的权益，都变成了一只只的大公鸡。"说完之后，他又寓意深长地加了一句："你以后也会变成一只大公鸡。"

可是，兔子先生并不了解，他母亲摆出的大公鸡气势，只用来对付家里的寥寥几人而已。婆婆的身份是多样化的——在朋友面前，婆婆会化身为一只快乐的小黄莺，跟他们叽叽喳喳地说个不停；面对亲戚时，她像是一只忍辱偷生的羔羊，哀怨地向他人诉苦——老公利用了她的贤惠，孩子们则利用了她的慈祥，仿佛家里的每一个成员都轮流欺负了她；在面包店里工作时，她又会变成一只老谋深算的狐狸，无时无刻都在计算着如何让顾客笑着从口袋里掏出更多的钱。

靴子国人民的性格和作风，一直以喜怒无常而闻名，但婆婆的情绪却不只在喜与怒之间徘徊。活泼、哀怨、凶残和狡猾，是她的四大性格特征，它们神出鬼没，扰乱着她身边人的生活。她性格上的反复与反差，就连靴子国人民也觉得夸张，何况是我这个从处处讲究内敛、擅长隐藏情绪的环境里走来的东方人。她在情绪上的放纵，只是我眼里的一种失控，看着她，很多时候我觉得有进行精神治疗的必要。

婆婆的心病了

雷电婆婆悄悄地将针头探进云朵里，对着月亮的屁股扎下去。

"哎哟！"月亮明晃晃地蹦到银河上空，它已经变成一轮满月了。

小星星急忙跑过去，为月亮揉揉屁股。

"不疼了！不疼了！"月亮拉起小星星的手向前跑去。

"扑通！扑通！"它们跳进银河里，打起水仗来——月亮的病完全好了！

——鲁冰《月亮生病了》

在春暖花开的时节里，婆婆患上了季节性情绪失调症。她的精神出奇地萎靡，灵魂也出奇地不安。别说明媚的春阳，就连遍地花开的美景，也减弱不了她对生命的无力感。在徐徐春风中，她独自焦虑；在春意盎然的土地上，她独自沮丧，尤其是在工作时间里，她的情绪更跌到了谷底。

我原来不知道季节性情绪失调症到底是个什么东西。他们解释说，这是一种心理疾病，在正常情况下，患者发病的时间是在寒风萧瑟的秋冬季节，婆婆在美丽的春季情绪失调，完全是一种奇特现象。

那么，我的婆婆不能算是一个正常人喽？对这个我脱口而出的问题，他们顾左右而言他，和我聊起了天气。

婆婆到底是不是正常人？在我百折不挠的追问下，在场的人终于受不了我的纠缠，其中一部分人巧妙地将婆婆的失调诊断成一种在正常中的不正常病例："在春季患上此病的人，不能算是不正常的人。我们只能将她归纳成'少数案例'。"然而，另一部分人则告诉我说，能在风和日丽的春季里情绪失调，"用浅白的话说，她患上的只是无病呻吟的富贵病"。

婆婆患上的季节性情绪失调症对我来说非常新鲜。但我发现，她又好像失调得不够彻底——她低落的情绪仅仅出现在六天的工作日里，随着星期六傍晚降临、她拉下面包店门闸的那一秒开始，失调的情绪仿佛和她完全没有了关系。她在刹那间忽然不治而愈了！而这种好情绪会一直持续到星期日傍晚。

她会先为自己煮一顿丰盛的晚餐。晚餐后，她就像一个瘫痪的病人那样，歪躺在沙发上看无聊的电视娱乐节目，时不时还独自"咯咯咯"地笑起来，一直到深夜。星期日早晨，她精力充沛，麻利地完成所有家务后，再到花园里锄草浇水。从花园回来，她又为自己煮一道又一道的美味佳肴。接着，她会在经过打扫、纤尘不染的环境里享用美食，饱餐之后，她便躺在花丛里的躺椅上晒太阳，直到夕阳出现，她失调的情绪卷土重来。

我留意到婆婆发病的规律，小镇人们也从另一个角度发觉了她发病时的奇异现象：只要我在面包店出现，她的病情就会有明显的缓解。他们开玩笑说，我是上帝赐给婆婆治疗情绪失调的仙丹灵药。

对于这个发生在婆婆病情上的变化，他们认为那是她把我当成了精神支柱的缘故；也有人认为，来自热带的我，一旦熬过冗长的冬季之后，马上就会进入一种超乎常人的狂喜状态，这种犹如死后重生的狂喜，直接感染了我身边包括婆婆在内的每一个人。经过一段观察期后，我发现自己在婆婆这个心理病里，的确扮演了很重要的角色。可在这神奇迹象中，我既不是前者所谓的"仙丹灵药"，也不是后者所谓的"快乐"散播者。我，只不过是一个会说英语的人而已。

对小镇的人来说，这是一个令人欢欣鼓舞的发现。而这个发现，要感谢的是一个来自异乡的陌生人。

他是一个迷路到小镇的异乡客，在又饥又渴的情况下，他踏进了婆婆的面包店。这是我在这里遇见的第一个不会说靴子国语言的人，对他遇到的语言障碍，我深有体会，并且十分同情。当他对婆婆以丰富的肢体语言企图表示他的意愿时，我看到婆婆脸上出现了惊恐，她双眼圆溜溜地瞪着，掉下的下巴把她的嘴拉成半开型。由于觉得婆婆太失态，我便自告奋勇帮婆婆解围。我用英文问异乡客："你说英文吗？"

那是一个德国客人。这一问，问得异乡客和婆婆都长长舒了一口气。德国人开始滔滔不绝地叙述他不幸的迷路遭遇。他说，他的种种不幸都是语言问题所致。他问我："怎么靴子国人民都不会说英文？"他提出的这一点，也是我一直疑惑的。然而婆婆，看我和旅者以她不懂的语言一来一往地交谈，便放下了十万个心，眉开眼笑，宛如一场大战中的幸存者。

在和德国客人侃侃而谈时，我好几次瞥见婆婆紧锁的眉头松开了。她的快乐，仿佛是一只只体态轻盈的羊，争先恐后地从她眉间飞奔出来。除了她的眉开眼笑，我还发现她背着德国客人，偷偷在胸口画了一个大大的十字。

德国客人买了矿泉水和三明治，他刚踏出店门，婆婆就拉着我的手说："你原来是上帝派来拯救我的天使啊！"

我才恍然大悟，婆婆患上的不是季节性情绪失调症，她患上的，其实只是语言障碍症而已。路过小镇时，因为饥渴而踏入她面包店的异乡客，都是促使她发病的根源。在春夏两季，这种异乡客尤其多。每天早晨，当她衣冠楚楚地将面包店门拉开，就会为可能出现的异乡客提心吊胆，生怕自己因不明白客人的要求而满足不了他们，她认为那将会给靴子国丢脸。知道我会说英文后，她喜出望外，逢人就说："我从此不再害怕了。"

单凭懂得几句英文，就被婆婆套上"天使"的头衔，使我这个不信教的人感到非常不安。我跟信佛的母亲说起这事，母亲听后，十分不服气，她表示对这个友教——天主教感到百思不解。她觉得，天使应该是一个高不可攀的神职，怎么可能因只懂区区几句可以沟通的英文，就马上通过了面试，当上了天使？她说，他们上帝的要求也未免太低了。发泄一番之后，她还嘀咕了一句："她如果能把你当天使，我也能把你当哪吒。"

不管怎样，婆婆从此将我当作她的守护神则是不争的事实。一旦有陌生面孔背着大背包出现在面包店里，她就会双手将我推到陌生人面前。只要我能在人前笑脸迎人，她就愿意躲在人后暗自窃喜。我也因为接待了很多异乡客，而成为她心中称职的天使。

魔鬼与天使

"是啊，其实你可以决定自己是什么。如果你老是干着杀人的勾当，你当然是魔鬼；那，如果你老是做好事，那你不就是天使吗？"

——陈怡畅《贝拉与莫乐多经典童话历险记》

当了守护天使之后不久，面包店的业绩每况愈下。婆婆认为她有必要给我上一堂"魔鬼课程"，要将这么多年来自己琢磨出的赚钱伎俩传授给我。

第一课，当顾客站到面包柜台前，我就必须要千方百计地找话题跟他们聊天。让他们在聊天话题中忘我。这样一来，潜藏在他们脑子里的购物单会因此遭到骚扰——他们一般会暂时失忆，不再记得他们到底是为买什么而来的了。于是，该买的，他们忘了；不该买的，他们却买了。

聊天的第二个好处是：当他们聊得兴奋时，便没有心思注意秤砣上显示的数字。那么，我们可以趁他们不留意，偷偷把实价提高 1 角到 2 角不等。

我一听到这两个不道德行为，脑子里马上出现"报应"两字。连忙摇头拒绝成为她的帮凶。我的拒绝，让她生了一肚子的闷气。她狠狠地说："怎么了？这是我们赔笑又陪聊的应得！"她说得理所当然，而我却听出满满的疑问——我几时当上了"二陪"？

越和婆婆相处，我就越觉得她其实是魔鬼的化身，不然的话，她怎么会在干坏事这方面如此得心应手，面不改色？面对顾客时，婆婆是笑面迎人的，她懂得让顾客心甘情愿掏钱买下多余东西的小伎俩数不胜数。比如，把顾客要买的 100 克火腿，刻意错削成 150 克，然后赔笑地说："啊呀，我不小心削多了。"顾客一般会如她所愿那样回应说："没关系，我都要了。"或者，她会现场杜撰一道菜的食谱，把它说得特别精彩，让顾客试煮的心蠢蠢欲动，因而马上买下所需食材。

我虽然不太赞同婆婆的营业手段，但由于辈分关系，我不敢以下犯上，只能不断提醒自己，沉默是沉默，但绝不同流合污。

我自始至终没有用婆婆教授的那一套洗劫一般顾客。所谓的一般顾客，就是那些日复一日、在枯燥生活里忙碌的家庭妇女，或是帮忙分担琐碎家务的老年人。对这些人，我实在下不了手。但是，婆婆教授的那一套，却被我淋漓尽致地用在对付猎人身上了。

这些猎人都不是小镇的居民，他们只在每年九月中旬至次年二月中旬的打猎季节才在小镇出现。对他们，我使出浑身解数，把婆婆传授的那一整套生意手段尽数用上。在他们面前，我既能陪聊又能赔笑，把他们逗得乐呵呵的，他们果真如婆婆所说那样，只顾得上聊和笑，顾不上秤砣上的数字。我把实价调高5角至8角不等，对他们下得狠手，我比婆婆更狠。

我极度憎恨这些钻到森林里捕杀野生动物的猎人们。面对这些为了寻求刺激而丧失了人性，一到周末就一窝蜂钻到森林里屠杀野生动物的人们，我舍弃了对商业道德的坚持，用上婆婆苦心教授的每一个招数——我把崇拜的神情挂在脸上，热情地询问他们当天的收获，对他们当天一共打死了多少野生动物，表现出特别的兴趣，以这话题挑起他们的聊天兴致。就在他们完全陶醉于讲述整个血腥过程的时候，我快手快脚把面包放到秤上，然后再快速拿下，紧紧记住瞥到的实价，再悄悄以高幅度上调。

平日一直为我不肯实施"魔鬼策略"而抓狂的婆婆，

在看到我对猎人的恨意之后，感到十分安慰。她眼里，我本来是一块朽木。而现在她兴奋得犹如当年哥伦布发现了新大陆，每当有猎人身影出现在店里，她就会假装十分忙碌，或者借故走开，把他们留给我。

我原来不知道打猎季节出现在小镇、穿着猎装的陌生人是森林杀手，本以为他们只不过是一群盲目把打猎服当作潮流的城市大叔而已。他们给我的最初印象是：脏兮兮又凶神恶煞。我留意到只要他们出现，婆婆就会神采飞扬，兴奋不已。她对他们关心备至，嘘寒问暖，卖面包的动作也变得十分伶俐起来——刚放到秤上的面包，没到一秒就被快速取下，嘴里喊出的价钱，比实价高出 1 成到 3 成不等。婆婆说，因为他们经常是集体出现，所以须眼明手快。如果他们其中一人一直瞪着秤砣上显示的重量和价钱的话，她就会老老实实说出价钱，然后等他们低头掏钱时，再迅雷不及掩耳地从纸袋里抽出几个面包藏在柜台下。

虽然我也参与"洗劫"的行动，但我只洗劫可恶的猎人，对婆婆那种连普通顾客也"一视同仁"、丧尽商业道德的行为，我还是不能认同。

我经常在关键时刻破坏她的计划。我一般会站在她身后，看清楚秤砣上显示的价钱，然后抢在前面，以高声量读出实价。婆婆原本以为我是无意的，后来觉得我殷勤得有点蹊跷。在一次送走客人后，她把我招到柜台的角落，想追根究底。我情急之下，将千言万语简化成一句："你是不诚实的坏商人。"

听完我的评价后，婆婆将十根手指插到蓬松的头发里猛抓。我以为她会对我大发雷霆，谁知道，这个在佛学里和万恶之一恶沾边的女人忽然喊出一句："我是在帮上帝惩罚他们呀！"

她在帮上帝惩罚人类？我感觉自己游荡在一条荒唐的思路上——婆婆到底是上帝的下属，还是助理？在整个欺诈营业事件中，多付了钱、少领了面包的受害者都是恶人？偷偷抬高价钱，或者将称好的面包抽出几个、藏在柜台下的女奸商，却是替天行道的天使？我忽然感觉头疼，觉得自己在她的理论里，既不是好人也不是坏人。上帝和我也完全没有什么关系——我，只是一个快要发疯的凡人。

婆婆说得越正气凛然，我的思维就越受到干扰。她说，猎人是森林里所有野生动物的公敌。这些全副武装、千里迢迢地来到小镇森林里打猎的人，是现实社会里的可怜虫。他们原本是一群在现实社会里卑躬屈膝的普通人，苦苦等待打猎季节的到来，好让他们把累积了一年的委屈发泄在动物上，用对动物的屠杀来平衡他们不平衡的心理。

婆婆这番话，调解了我偶尔的自责心理。一度笼罩在我心底的阴霾于刹那间散去。我在茫然中产生幻觉，正在滔滔不绝的婆婆是一个头顶浮着光环的肥胖天使。她因为上帝的委托，才降临到这个丑恶的凡间。而在这个丑恶的世界，她采取了扮猪吃老虎的魔鬼策略来完成她的使命。

但是，上帝只给她这份神差，没给她津贴。所以，在迫不得已的情况下，下了凡的她就必须靠那些狡猾的营业手段来赚取生活费，在这凡人的社会里苟且偷生。

"可是，家庭主妇呢？她们干了什么坏事要劳烦你惩罚了？"我问。

婆婆假装没听见，转身拉开柜台下的抽屉，数钱去了。

坏男人和不好的女人

很久以前，鸟类和走兽，因为发生一点争执，就爆发了战争。并且，双方僵持，各不相让。有一次，双方交战，鸟类战胜了。蝙蝠突然出现在鸟类的堡垒。"各位，恭喜啊！能将那些粗暴的走兽打败，真是英雄啊！"

——伊索寓言《蝙蝠的故事》

婆婆擅作主张，把我带到面包店里卖面包的事，兔子先生稍有异议。他说，面包店不仅仅是一个提供粮食的地方，它还是收集哀怨的是非之地。他语重心长地跟我说："女人，一旦开始为大事烦心，就会渐渐变成一只专横跋扈的大公鸡；但是，女人如果开始为小事感兴趣，就会慢慢变成一只长舌的八卦老母鸭。"兔子先生说，他既不希望我像他母亲那样变成一只大公鸡，也不希望我像一般女人那样，变成老母鸭。他劝我早点辞职不干，能离面包店多远就离多远。

经过仔细考虑之后，我还是决定要尝试一下卖面包。我不想和兔子先生在这个问题上周旋，于是决定利用婆婆来保护我的工作权益。我可怜兮兮地跟婆婆全盘说出她儿子对卖面包的看法，还告诉她有关"大公鸡"和"老母鸭"的评论，最后又强调他预言面包店将毁坏我的性格等等。婆婆果然中招，我才说完，她就"轰"一声跳起来，马上去找兔子先生算账。

兔子先生被狠狠训了一顿，再也不敢要求我辞职。但他要我答应他，必须安分守己地卖面包，绝不插手面包买卖之外的事。"就算顾客自愿将家丑外扬，你也不要多问，更不要插嘴给意见。"

兔子先生语重心长的劝告，让我感觉靴子国的面包店，竟然像老舍笔下的茶馆一样，是复杂的大社会缩影，而处处见机行事、处世圆滑的婆婆不正是一个活生生的现实版王利发吗？我马上意识到，要想在那个嘈杂并且潜伏着各种家庭纠葛的小社会里，平安无事地存活下来，就必须要明哲保身，果断抽身做一个于天外之处看春秋的旁观者。想通之后，我把面包柜台假想成一道分界线：柜台前面，是一个喧闹的乱世；而柜台后面，则是一片不被世事污染的天外之天。可当我真正站在柜台后面才彻底明白，柜台前的世界除了纷纷扰扰，竟然还出乎我预料的琐碎。男男女女因为在生活习惯和价值观上达不成共识，芝麻绿豆的小事最后也变成了大纠纷。但是，这些无聊又可恨的事情，因为和我保持了一段距离而变得有趣起来。

几经观察，我发觉不论男人还是女人都不愿意错过任何一个可以天南地北聊天的机会——女人爱聊她们的男人，男人也爱聊他们的女人。不管男人还是女人，只要面对和自己现实生活没有牵扯的人们，就可以敞开胸怀，毫无忌惮地数落不在场的另一个的各种不是。

男人和女人诸如此类的吐槽，让我的每一天过得十分精彩。因为听了太多有关王子和公主幸福美满的故事，现实生活中这些不幸福、不美满的男男女女，使我对未来老夫老妻的生活有了比较实际的想象。它们让我预见了紧随在甜蜜爱情后面的酸辣，让我觉得一味幸福美满的生活很不切实际，也很枯燥。

我喜欢听女人谈她们男人的坏，更喜欢听男人谈他们女人的不好。喜欢听他们叙述如何在气极的那一刻，随手将盘子杯子摔一地。而发泄完了，纠结着和解之后，再如何哭着笑着一起清理残局。

这种真实的生活叙述，给了我踏实的痛快。尤其是当男人谈他们女人的不好时，一种掷地有声、咬牙切齿的恨往往会淋漓尽致地表现在他们的脸上和言语之中。当我看见老男人在清算女人的鸡毛蒜皮时的小男人气性，看见他们浮满青筋的脖子上顶着的红通通的脸时，常常会失态地大笑。记得有一次，一个男顾客一踏入店里就直奔我的柜台，刚和太太闹了别扭的他，一站到柜台前面就泄气地趴了上去，大大叹了一口气，整理了思绪后，他终于抬起头跟我说起整件事的经过。他越说越气，音量也越来越大。到了最后，他拍案而起喊道："这样的女人，做成香肠也绝对不会好吃的！"

听女人说她们男人的坏，却总有种无法舒展的局促感。她们在气愤时脱口而出有关男人的种种坏话，往往马上就后悔了。她们会担心之前在冲动下说出口的话，让自己在人前颜面尽失。她们先后悔，再反悔。于是，眨眼的工夫，她们会技巧性地添加一些和事情没有关联的补充。那个原来很坏的他，似乎是一个平时好得过分的男人。他偶尔的坏，又坏得情有可原，坏得不够彻底。她们就像是一个不专业的画家那样，在冲动落下一个败笔之后，再小心翼翼地忙于修饰。可是最终却落得个亡羊补牢的下场，感觉她千真万确下嫁了一个罪该万死的坏男人，但在大部分时间里，她又是一个令人羡慕的幸福女人。

这些男男女女，拎着一大袋东西七嘴八舌地分享他们另一半的不是。可是，恶言恶语发泄一番之后，最终还是会乖乖回到各自的家，去继续过各自的小日子。一桩又一桩千奇百怪的吵架源头，多得犹如天上的星星，点缀了我枯燥的异乡小镇生活，也让我落荒逃出了虚假的童话。看着这些资深的已婚男女，我常常想，能像他们那样，在生活和情感上又哭又笑、纠缠一辈子的男女并不多了。生活上的小事，让他们在未尽的缘分中紧紧牵连着，也紧紧依赖着对方。在平庸的两性生活中憋久了，一逮着机会，他们就会继续说他们女人的不好，她们也会继续说她们男人的坏。

散发麦香的面包

兔子镇上来了一只熊，这只熊可不是一般的熊，呵呵，他是一只会做面包的熊！熊做的面包又香又软，兔子镇的兔子们都特别喜欢吃。

——陈琪敬《我要吃五个小面包》

严格地说，我是在婆婆和公公的一次吵架中，被正式雇作面包店店员的。

我不太记得整个详细过程，只记得那个早晨，我正在帮助公公搓面包。我们一面工作，一面说笑。一抬眼，怒气冲冲的婆婆已经直着身子站在那里了。

她开口就责问公公为什么要衣冠不整地出现在她的面包店里，还没等公公开口解释，她就继续问："你要卖的是面包，还是自己？"

不管春夏秋冬，只要公公还在室温30摄氏度的面包坊里烤面包，他一定就只穿着小背心配大裤衩。婆婆一旦在面包店里忙不过来，她就会大声呼叫公公过去帮忙。听见婆婆的吆喝声，他就会急急忙忙应声而去。公公这半裸的形象，大家都已经见怪不怪。所以，对婆婆当天的指责，公公感到莫名其妙，他怔怔看着我，我也呆呆看着他。接着，婆婆把他调侃成"性感老男人"，我忍不住笑出声来。

我的笑声引起了婆婆的注意，她继而把焦点转到我身上来。她抬起下巴，命令似的跟我说："你都听懂我在说什么了？那好，从明天开始，你一听见我的叫唤，就必须出现在我的店里。"我还来不及回神，她指着挂在墙上的那套制服说："你必须穿上那身制服，整整齐齐地帮我卖面包。"

我就这样慢慢开始了卖面包的生涯。

关于婆婆的面包店和我的卖面包生涯，还真找不出什么简短的文字来做恰当的总结。每当有人问起我这个难得的新鲜体验时，我脑子里呈现的是一片混乱。在这小空间里来来去去的人鱼龙混杂，无论是人际关系，还是厨艺心得，或者是政治，都是他们高谈阔论的话题。刚刚来到这个喧闹的环境里时，我只想躲回到面包坊里，在那单纯的环境里继续陪公公做面包。

面包店乱糟糟的生意环境迫使我在最短时间内适应了异乡生活并熟悉了异乡语言。小镇里的人一般没有受过正规教育，为了和他们交流，我最终也学会了他们的方言。

虽然我代替了公公在面包坊和面包店之间来回跑动，但是公公的生活并没有因此清闲下来。原以为他从此可以不出坊门，一心一意研发新产品，可保守的公公仍旧没有研发新口味的意愿，他认为只有传统的做法才会拥有最原始的味道。

可是，推销制作面包化学元素的推销员，悄悄进军到了小镇，他们就好像是雨后森林遍地冒出的蘑菇一样随处可见。刚开始的时候，公公还会对这些找上门的推销员礼貌地婉拒，到了后来，他终于烦不胜烦了，开始驱赶他们。采用"驱赶法"一段时间之后，公公决定不再花精神和气力来跟推销员客套，他以沉默来抵触他们的存在。

公公对这类化学元素的出现很是不忿，他跟我说，只有用天然酵母发酵、遵守自然发酵时间的面团，才能烘焙出真正的面包。所谓真正的面包是：一掰开，麦香混合着烤炉的香气马上扑向鼻尖。他还强调："被化学元素渗入的面包，是不会有这种香味的。"

不断被推销员骚扰的公公渐渐憋不住了，他逢人就骂科学家的无良，以极力捍卫传统的面包制作法。公公不断重复地告诉顾客，以原始方法制作的真面包和以化学元素制作的假面包，在健康和味道上的区别。

有时候，他遇见的是知音，有时候却不然。深知他的良苦用心的人，都觉得公公是一位有良心的面包师。然而，那些讲求便利的无知者却认为公公过于矫情。他们不单不懂得化学元素对味觉的不敬和对身体的伤害，还觉得公公的坚持是一种愚蠢。他们认为科学家用心良苦，终于研究出改善全世界面包师严重日夜颠倒生活的化学元素，而公公却辜负了科学家的用心。

每当发觉自己在跟那些人对牛弹琴时，他就会随手拿起一粒自己做的面包放在掌心大力一压。酥脆的面包皮在他掌握恰当的力度下，"嚓"一声裂开，一股悠悠麦香味和烤炉香，在他们的对话中化作一个句点，宣告着谈论的结束。

小镇里好些面包坊都接受了化学元素，公公自始至终坚持着传统面包制作，这也让婆婆面包店的声望渐渐传开。越来越多的人发觉公公做的面包散发出天然的麦香，这阵阵麦香不仅飘在镇上的每一个角落，也飘到了镇外。周末时，常常有附近其他小镇的人来光顾，他们一买就是一周的量，原来已经不错的生意，后来变得更加红火。我因此不得不坚守在面包店柜台后面，极少回到面包坊里搓面包了。

夏天的客人

客人对主人说道:"这种枣子,肉软味甜。我从来没有吃过像这样好的枣子。我很想带些种子,到我的家乡去栽种。请你给我一些种子,并且教我栽种的方法。"

——阿拉伯寓言

融入小镇生活之后,我按捺不住好动的性格了,不再安于室。

寒风嗖嗖的冬季,勉强可以压抑我对户外的向往,到了气候宜人的春夏季里,我便开始自我"放逐",肆意地到处乱逛。随着我散步次数的增加,被路过小镇的异乡客截住问路的次数也多了。

对这些流落到小镇的异乡客,我感到非常好奇。因为小镇的地理位置——正如兔子先生当初跟我形容的那样——是隐藏在靴子里的小地方。有一次,我终于忍不住好奇,反问了一个向我问路的异乡客,他是怎么来到这个默默无名的小地方来的。他回答说："卫星地图啊！"他还说，显示在卫星地图上的资料都很详细。听完后，我不由得感慨在新科技的泛滥下，隐私逐渐消失了。

小镇里经过"二战"洗礼的老人们一直以这里隐秘的地理位置为荣。他们说，小镇的几个入口，都在临近大路分出的小路上，它们非常窄小，根本不会引起过路人的注意。战争时期，能够找到小镇来搞破坏的敌军数量其实并不多。老人们这番话还在耳边，而我却几乎在每个外出闲荡的日子，都遇见了陌生的异乡客。

如果不是卫星时代，这座和一般欧洲小镇没有什么区别的地方，根本不会吸引到任何人的注意。这里只有大大小小几座普通的古老教堂和雕像，别说千里迢迢来到小镇的旅客，就连住在小镇附近的靴子国人，也不会专门来到这里搞个半日游。

战乱时期军用地图上不值得一顾的小镇，一旦进入了新科技普及的卫星时代，竟然冷不丁地受到某些人的注意。密布在太空中的卫星，把地球上几乎所有的小镇都呈现在人们面前。热爱另类旅游方式的人们，只要坐在电脑前点击几下，不管是哪一个小镇的布局，马上在他们面前一览无余。于是，当明媚阳光开始照耀欧洲大陆南部时，来自这块大陆北部的人们，就好比候鸟南飞那样，大批涌入南部。在追寻阳光的途中，有一部分人经过了小镇。

路过小镇的异乡客多数来自北部，他们采用各式各样的旅行方式，在我眼里都很疯狂。他们中有自行车客、电单车骑士、自驾客，甚至是徒步者。而在这些形形色色的旅者里，停留在面包店里补充食物和饮料的，一般是徒步者。他们有些是独行者，也有人跟朋友或伴侣同行，有些人带小孩，有些人带狗。

有的徒步者属于沿着法兰西珍那古道（Via Francigena）的朝圣队伍，他们是不进入小镇市区的，只出现在镇边的森林地带。据说，他们从英格兰坎特伯雷的大教堂出发后，一直沿着古道南下到罗马，全程共一千六百多公里。翻越了阿尔卑斯雪山后，在第一站前往第二站途中，他们必定穿越这片森林。

村镇上的老人们叫我别小觑森林里的林间小道，这些小路都是传说中的重要道路，它们不只和宗教有关，是朝圣者的必经之路，还曾经是军事和商业的主要通道。老人们的话，我半信半疑，直到有一天我在森林里骑自行车时巧遇了这些所谓的朝圣者，和他们闲聊之后，我才恍然大悟老人们说的并不是纯粹的调侃。

在所有的旅游方式当中，最耗时耗力也最孤单的，大概是小型的徒步者了。每当看见这些徒步前往南意大利的异乡人时，我对他们的同情多过佩服。有一回，一个又饥又渴、身上挂着导航仪的法籍妇女买了三明治和饮料后，马上坐在店外的台阶上不顾仪态地大口吃大口喝起来。因店里没顾客，我走到外边和她聊起了天。寂寞的路程，让她对我一见如故，打开的话匣子一发不可收拾。她不管我是否感兴趣，就口若悬河地跟我说起她一路上的遭遇与看见的风景。说得起劲时，还会大力晃动手里紧握的手杖。晃了几次后，我才发觉那并不是真正的手杖，那只是一根又粗又直的树枝。她发现我一直盯着她手里的树枝，就把那根树枝递到我面前说："这是我在你们森林边砍下的。"一个小时前，当她穿越森林时，这根调皮的树枝撩落了她的帽子，为了纪念和这根树枝的不期而遇，她决定带上它完成接下去的行程。她还打算抵达罗马之后，带它一起乘火车回家，然后把它当作艺术品挂在墙上。看着她满脸的满足和期待，我真不忍心告诉她，我实在怀疑她徒步了近千公里，在跨过了一些国与国的边界时，也不知不觉跨过了情感性精神障碍的界线。

　　客观地说，和那些在旅途中刻意寻找当地美食美景的旅客相比，这个把捡到树枝当宝贝的法国女人是脱俗的，但我却更愿意主观地认为，她的脱俗是一种对现实社会的讽刺。正当我要煞风景地告诉她说，那根大树枝其实是一种浪漫的累赘时，又见她丢下了树枝，兴致勃勃地蹲在地上翻背包。不一会儿，她从背包底层取出一块有两个拳头般大小的石头。她说，在横越阿尔卑斯雪山时，那块石头让她狠狠摔了一跤，所以她也要把这块调皮的石头带回家。

我勉强可以接受那种和伴侣徒步两千公里的浪漫行为。但是，浪漫到能带上撩落她帽子的调皮树枝和绊她摔倒的邪恶石头一起继续徒步近千公里的，还是让我觉得有点过了。但是，那个女人的出现，也可能是上天派来提醒我这个事事讲求实际、不再浪漫的人，要我记住她、她的树枝、她的石头，以便紧紧记住这世上还有很多异于自己价值观的人存在。这个女人的浪漫情怀，好比一道彩虹，点缀了我脚踏实地的苍白。

上帝下派野山猪

有一群山猪在深山荒地里繁衍，经过数代后，牙齿变得锐利，个性也慢慢地变成如野山猪般凶悍，甚至开始攻击路人。一些专业人士打算加以捕捉，可它们动作敏捷，大家都束手无策。

——小筱《习以为常的山猪》

每次聊天，婆婆总会怨天怨地，怨自己的命运。

这也难怪，没赶上传说中腰缠万贯的贵族时代也就算了。可不巧的是，家族受战争"洗礼"没落到一贫如洗的窘境，却是她呱呱落地之时。所以，每当她这个"二战"宝宝说起这些揪心事，原来已经不太平衡的心理显得更加的不平衡。而我，也在她不厌其烦的叙述下，对她悲惨的命运耳熟能详了。

除了这些心酸的身世外，她甜蜜的恋爱史，我也能倒背如流。就算是那些和她曾经有过小火花的旧情人们，我都能一一记住他们的名字，以及他们年轻时为她做过的傻事。每当这些侥幸当初没将婆婆拿下的幸运男人们踏入店里，我便会很识趣地找借口离开柜台，让婆婆亲自招待他们；如果没法走开，我也会将他们所买的面包转到婆婆手里，再让她转交给他们。

羊妹妹知道我的所作所为后啼笑皆非。她说："你唯恐天下不乱吗？难道你还奢望他们会对我的胖妈妈旧情复发？就算他们真旧情复发了，你以为我爸会为这胖女人，跟他们决斗吗？"

如果有足够的时间，婆婆会哭诉她从出生、恋爱、结婚直到生了两个不争气孩子的坎坷命运。在她的叙述下，她的命运既冗长又悲惨，仿佛是一条没有拐弯，也没有终点的直行线——她就是这世上独一无二、最悲惨的"二战"宝宝。除此之外，她也是一个已婚女人——和世上所有的已婚女人一样，在遥想当年的时候，她总会假想如果当年嫁的是另一个男人，她会拥有怎样的幸福。

她说，她生出的那两个不着边的儿女，为她坎坷的命运"锦上添花"——她的儿子，是一个享乐主义的中坚分子；而女儿，则是极端的现实主义者。性格上的差异以及价值观的不同，导致他俩经常因意见不合而闹得鸡飞狗跳，让她没法过上安静的日子。

这一宗又一宗的悲惨事件，婆婆认为是老天爷故意针对她。她说，从出生的那一天起，她就没过上哪怕一天称心如意的日子。有一次，她似乎发觉自己千篇一律的叙述已经引不起我太大的兴趣，为了重新引起我对她的注意，她便表示自己要与命运对抗：她看穿了上天对她的刁难，所以她想马上离开上天布好的棋盘——她，要离开人群。

我浪漫地以为她所谓的离开人群，是要把所有的工作放下，潇洒地背上行囊去没有人烟的地方闭门思过一段时间。但她却说，她要在面包店的午休时段和关店后的傍晚离开人群，投入菜园生活。

她以这样的方式过了一段离开人群的日子。但老天爷对她仍旧不肯释手，派来野山猪搅局。她种的菜苗，经常被翻土觅食的野山猪连根翻起。

野山猪戏剧性地出现在她悲惨的命运里，原来的悲剧结果成了喜剧。

村镇里的人曾经告诉我，想要在会撞人又会踩人的野山猪猪蹄下保命，爬树是一项基本的求生本领。我问婆婆是否也和村镇上的大部分居民那样，一见到野山猪就会在慌乱中找棵树爬上去。她始终没有正面回答，而是离题地告诉我，野山猪带给人类的危险，只不过是传说而已。她说，不管是成双结对，还是形单影只的野山猪，都不会攻击人类。但是，如果那是一只身后跟随着一群小野山猪的野山猪妈妈，那么它就会在保证孩子们的绝对安全下，对人类发起攻击。"母性是天生，而且它还是最可贵的。"

婆婆始终没有承认自己拥有爬树的本领。据我对她的了解，她和小镇其他人一样，都懂得在最短的时间内爬上树，救自己一命。但是，无情的岁月夺走了她轻巧的身段，同时也夺取了她敏捷的身手。肥胖的她已失去了这种本事。爬树，因此成为她记忆中无法承受的曾经。

婆婆的菜园

主人在家后园围了块空地种上大白菜，经过精心培育，大白菜白茎绿叶的长势喜人，不久就可以收成了。

——丹《看家狗守菜园》

婆婆的菜园，坐落在一条通往森林的小径尽头。

这是一块祖传空地，它远离人群，与世隔绝。站在菜园的正中心放眼环看四周，映入眼帘的，是长满茂密温带树木的森林，它被旷阔的水果园环绕着。照理说，在这样万籁俱寂的环境里，婆婆的田园生活应该是恬静且祥和的，却因为邻近森林的缘故，经常有野生动物来扰乱婆婆的田园生活。在这些野生动物中，出没最频繁而且最有破坏性的，就是野山猪了。她认为野山猪是上天对她的恶作剧，神在她逃离人类，不想再被人类欺负之后，又派来了野山猪在荒山野林里欺负她。

婆婆的菜园，每年都会遭受野山猪群的几次破坏。每遭破坏，她就会撕心裂肺，一把眼泪一把鼻涕地诅咒野山猪。如果要我贴切地形容婆婆当时的表现，只会用上"狼狈"这个词——她当时的形象，汗流浃背又泪流满面。脸上的皮肤，因为野山猪的存在而越发丧失了与岁月拔河的能力。她的眼角、面颊和下巴，忽然浮出一条条明显下垂的皱纹。

我们原本认为婆婆在工作之余到菜园里劳动，借着干体力活把用来胡思乱想的空闲时间打发掉，实在是一个对大家有益的壮举。当她劳动到身心疲惫、倒头就睡时，种种在情绪上的不平衡便会弃她而去。所以，每每看见她像一头驴子那样，将一大堆的农具绑满自行车，慢慢推往菜园时，我们都会替她也替自己感到欣慰——她的失调消失了，我们的清净也回来了。这是一个双赢的做法，所以我们极力鼓励她。可是，人算不如天算，半途杀出了野山猪来翻土搅局。

自婆婆投入了耕地生活后，公公尤感欣慰。每回提及婆婆的菜园劳作，公公就像一个正在对外发表官方谈话的老练政客那样："耕地，是村镇人民每年必经的一种传统生活。自供自给，既能省下不少钱，也能让家人吃得健康，自己的身体在干农活的时候也能得到锻炼。"对于公公的这番话，我嗤之以鼻。我很不识趣地直接问他，既然干农活能让自己和身边的人获益不浅，那么，他为什么让婆婆独自受益，自己却袖手旁观呢？我的问题让他陷入了窘境。思考了一会儿，他的真面目终于显露。为了不让旁人听见，他以极低的音量向我招供："老实说，只有鼓励这婆娘种地，我才能继续拥有安宁。"

公公和婆婆一样，都将自己当作婚姻里的受害者。为了保护自己的安宁，他不只鼓励婆婆种地，还鼓励婆婆开荒，把菜园的面积扩充。他跟我说，扩充菜园不是他唯一的期望，他还希望老天爷闹上一个痛快的旱季，因为只要不下雨，婆婆就必须每天浇水灌溉。原本已经在菜园里忙得团团转的婆婆就会因此多了一个耗时又耗力的苦活。只要婆婆在菜园里忙活，他就可以在面包店的午休时段，呼噜噜地睡一场舒服的午觉。面包店关店之后，他还可以观赏自己喜欢的电视节目。

婆婆的菜园劳作，让我看到了老天爷派遣野山猪来搅局的淘气，以及公公为力保自己安宁而表现出的已婚男人的狡黠。

婆婆偷菜

别惊讶，我可是个偷盗高手，对我来说世上没有什么
铁锁或门闩，我想要的就是我的。千万别把我想成个下三
流的小偷，我只把富人多余的东西借来一用，穷人则是安
全的，我只会接济他们，绝不会去取他们丝毫之物。而且
那些不费脑力、不动脑子、不施巧计就能得到的东西，我
连碰都不碰。

——格林童话《智者神偷》

我在美丽的初秋亲眼目睹了婆婆丑恶的行为。

依稀记得，那是一个被橙黄色秋阳照耀的明媚午后。
我骑在自行车上，漫无目的地穿梭在小镇的田园之间。映
入眼帘的每一座田园，几乎都有农作车在劳作。它们有的
在翻土，有的在撒种，到处是祥和与静谧的气息。

我拐一个弯，进入了另一条通往森林、两边都是玉米
田的小道。正当我朝森林骑去时，看见了婆婆的侧影，她

全神贯注地在一块空旷的田园里锄地，环绕那座田园的，是一大片种满各式各样果树的果园。

婆婆当时的装扮很怪异，她头戴浅褐色的大草帽，身穿浅黄色连身长裙，脚上穿的是一双军绿色的塑胶靴子。听到我的呼叫声后，她把全部注意力转移到我身上。她刹那间挺起来的肥胖身子，大面积反射着耀眼的秋阳。我想，无论是谁，乍看过去，都会和我一样，把她看作一棵冒地而出的巨大蘑菇。

婆婆的菜园并不大，三面分别被苹果园、葡萄园和栗子园包围着。这三面茂盛的绿，更衬出了婆婆菜园的荒凉和贫瘠。

我将自行车停在路边，向她走去，发现长时间暴晒在午后阳光中的她，好像已处在脱水状态——豆大的汗珠不停地落下，那张大嘴也因为大口地喘着气而几乎占据了她整张红通通的脸。当我问起她为什么要在这片离家很远的地方建菜园时，她忽然表现得神秘兮兮，在环顾四周确定没人之后，以最低的音量告诉我说，因为左边的苹果园和右边的葡萄园，都属她旧情人所有，于是她可以在收获自己蔬菜的同时，再理直气壮地采摘旧情人种出的水果。

年轻时候的婆婆不仅貌美如花，超绝的厨艺也名震镇内外。但是外在的美貌，毕竟斗不过岁月的折腾。而内在的厨艺，却害了她自己——在不断的自烹自享下，她的体重已经严重超标，体积也是曾经的三倍。

我的出现，让婆婆大感雀跃。本以为她过度的兴奋是因为忽然有了我这个说话的伴儿来调剂她枯燥的田园劳动，直到她要我用力紧握 T 恤的左右两角再微微提起，我才知道她的真正用意——她要我跟着她，用 T 恤装载她偷采的蔬果。"跟着我走，T 恤一满，你就将它们倒入前边的大篮子。然后再回来。"

我就这样跟在婆婆后面慢慢地在菜园里转。尽管忙于收获蔬果，但婆婆和平时一样，一见到还在呼吸的大活人，就会不停地说话。我们摘南瓜时，她说起南瓜汤和南瓜馅饺子的做法；摘西葫芦时，她跟我描绘薄荷醋腌西葫芦和炸西葫芦条的美味；摘马铃薯时，她说起她母亲以私家配方做出的马铃薯泥，意式汤圆和焗烤马铃薯。巡完了菜园，我脑子里也被她装满了各色食谱。

陪她逛完最后一排土埂后，收获到蔬果已近一篮。本以为可以功成身退的我拍了拍身上的泥土，她看我有收工的趋势，马上吃惊地问我在干什么。我老实回答她说，我要回家洗澡了。听后，她像一个不服气的小女孩那样跺了跺脚，指了指环绕在菜园边的苹果园、葡萄园和栗子园："你看，还没摘完哪！跟我来！"说完之后，她自顾自地钻进了别人的果园，完全没有给我抗议的机会。

婆婆好像一匹识途的老马，熟练地在别人的水果园里窜。她慢慢地走，慢慢地摘，而我也慢慢地跟在她身后。摘旧情人的苹果时，她说起苹果蛋糕；摘葡萄时，她说起葡萄鹅肝酱。她越说越馋，偶尔还发出猛烈的吞口水声。当她发现几棵长在葡萄园边的野生梅树时，她马上说："跟我到那边去，我还要摘几粒梅子，我当年就是用梅酱牛排拿下你公公的。"

梅酱牛排是传说中婆婆最得心应手的名菜。之所以是传说，是因为我只听过，没尝过。在摘梅子的时候，她泄露了这道名菜的煮法。她说，梅酱牛排的做法其实很简单：先将橄榄油倒入平底锅热一热，加入剁碎的大葱炒香，最后才加入梅子。一面用慢火熬，一面用木勺子搅弄，直到梅子肉和种子脱离。从锅里取出种子后，用搅拌器将锅里的食材一并搅成糊状。将这个浓稠的梅子酱淋在牛排上，味道特别好。我听完后，不可思议地说："我不信这道菜的做法就这样简单！""就是这样简单，"接着，她肉麻兮兮地补充说，"其实，一道菜煮得好，完全是看你到底要煮给谁吃。用爱来烹调的菜肴，味道肯定是不一般的。"为了避免她诸如此类的浪漫思维延续，我故意转移了话题："这会儿连梅子也偷了，我们可以回家了吧？"

婆婆终于答应了我回家的要求。可当我们穿过了别人的果园，回到自己的菜园时，她忽然记起了还有一小座没光顾的栗子园，于是情绪高亢地说："我们还要去拾栗子！"

在这个紧急关头，我忽然意识到栗子园的主人好像不是她的旧情人。我好意提醒她这个事实，暗示她别对不曾对她有私心的人产生私心。谁知道她却说："谁说不能拿？就连藏在栗子园里的两排奇异果也可以摘。你可能不知道，栗子园园主年轻时候，还可能对我有过私心，暗恋过我呢。"

栗子园里还有两排奇异果树？可见她在自己菜园劳动的同时，也摸透了周边果园的布局。那个时候，我忽然觉得不能不对这个女人另眼相看。

婆婆用来装载收成的箱子比一般的箱子大，她把比较重的南瓜和西瓜放在箱子底层；中层用来藏偷来的苹果和葡萄等等；最上一层是来自自家菜园的甜瓜、西葫芦和马铃薯。这种排列的程序，可以让中间那层偷来的水果在不被压扁的情况下，神不知鬼不觉地成功运回自己家里。

我至今还记得，当婆婆望着苹果园和葡萄园，感性地回忆起旧情时，沉溺在往事里的她就好像回到了自己集三千宠爱于一身的美少女时代——因为年轻美丽，别说偷别人的蔬果了，就算做出滔天坏事，仿佛都会变成值得原谅的小事；但是后来，她忽然惊觉自己目前已经是个在与岁月对抗中壮烈牺牲的烈士，神态马上从感性转为理性。但是，刹那间浮现的这个理性思维，也让她为自己的偷窃行为找到了理所当然的缘由。偷窃是为了报复——她就像是一个在冷宫里的怨妇，偶尔耍耍小手段来一雪前耻，只为了要小小地平衡一下自己的内心。

不管是感性情怀还是理性思维，婆婆总是能找到一万个理由来偷拾那些栗子。我虽然心里十分害怕，但当她绘声绘色地讲述烤栗子散发出的诱人焦香，我觉得自己也有了一万个理由帮她。我们各怀鬼胎，一起走进了栗子园，先偷摘了奇异果，藏到西葫芦和马铃薯的空隙之间，再跑回栗子园拾栗子。

我们用塑胶靴子的鞋跟，将栗子外壳狠狠踩破，再用戴着手套的手将它们剥干净。抱着一满怀栗子走出栗子园时，婆婆忽然发现装满的篮子已经不能让她把栗子偷运出去了。她瞄了瞄我布满口袋的短裤和超大的靴子，"这些栗子，就藏在你的口袋和靴子里吧"。

在靴子里待过的栗子，还能吃吗？我茫然了。

"怎么不能？这些栗子被一层软壳包着，藏在软壳里面的栗子肉还有一层薄皮。所以，就算在又臭又脏的靴子里待过也照样能吃。"婆婆说。

装满栗子的靴子让我寸步难行，回家路上，我一直想婆婆在偷果子时不断炫耀的、她年轻时的那些情事是不是真的发生过。我甚至怀疑，苹果园、葡萄园和栗子园的主人都不是男的。

一件白色蕾丝边短裙

熊丫头是熊妈妈最小的女儿，她是个十分爱漂亮的小姑娘。

今天，是熊丫头的生日，妈妈给她做了一件雪白的裙子。熊丫头穿上白裙子，出门走了一圈，大家都说她很漂亮，像一朵白白的云。

——唐老师《熊丫头的白裙子》

婆婆说，她曾经想过跳楼自杀。

我想，对所有人来说，这句话确实具有强大的吸引力，它会深深挑起大家对这件往事的兴趣。我斜眼看了看说出这句话的女人，心里却想，这是不可能的。因为据我对婆婆的了解，她绝不会自杀，就算身处逆境，也会在一把眼泪一把鼻涕中，想尽办法积极求生。如果在她脑子里真的萌现了死亡的念头，那肯定和她自己的死亡无关。

婆婆在叙述一件事情的时候经常会跑题，当然，这次也不例外。为了让她一气呵成将这件新鲜事从头到尾顺畅讲完，我使尽了全力，揪住她漂浮的思维不放。婆婆跑题的坏习惯，让羊妹妹怀疑她患上了老年痴呆症。她曾经这样说："别看我妈妈体积大如山，可在跑题这件事上，她可是驾轻就熟。跳题时，她轻盈得犹如一头小鹿。比如她可以在这一分钟和你滔滔不绝地说一支小勺子的精巧设计，下一秒可能就会聊到阿尔卑斯雪山的魁伟。你说，小勺子和阿尔卑斯雪山到底有没有关系？可她就有能耐把它们扯在一起谈！"

对没有领教过婆婆聊天方式的人来说，羊妹妹的话可能有点儿夸张，但是领教过婆婆的人，都会觉得羊妹妹形容得十分贴切。对婆婆企图自杀的事件，我因为太感兴趣而采取了不屈不挠的精神来应对她跑题的陋习。所以，当她将自杀话题转移到老同学聚会上时，我便马上把她逃离的思绪强扯回来。

我以为婆婆和一般人一样，在十七八岁的青少年期，或者是在婚姻瓶颈期又巧遇中年危机，才会有自杀的念头。可是，据婆婆的叙述，她是在十岁那年闹了这场自杀未遂的闹剧。而企图自杀的原因，是得不到一件她极喜爱的白色蕾丝边短裙。她说，她要穿那件美丽的短裙去参加学校的年终庆典，父亲却不让买，于是她跑到二楼的露台，吵着闹着要往下跳。

我听了她的故事，感觉不对。她出生在大地主家，一直是要风得风要雨得雨的小千金，一件白色蕾丝边短裙绝对不会成为家庭的负担。"你有所不知，我看中裙子的那年，我们正遭受天灾的考验，后来我家又出人祸，才会有尴尬的经济状况。别说买一件裙子来参加舞会，当时就连吃一顿比较丰盛的晚餐，也是一个负担。"婆婆说。

据她回忆，那年的冬天异常寒冷，家里的家畜需要大量的粮食。为了让家畜暖和，他们每晚都在马厩里生一小盆火。可有一个晚上，大地主因为喝多了酒弄巧成拙，糊里糊涂把火苗错点到干草堆上，一场大火因此被引发。

那场火灾，不只让一头怀孕的母牛一尸两命，还让两笼小兔子成了孤儿。婆婆说，原来妻妾成群的公鸡，也因为这场火灾，惨变成一夫一妻。"一夫一妻！这场火灾让向来花心的公鸡也忽然专情起来，你能想象得到吗？"婆婆说。

婆婆闹跳楼自杀时，她父亲正好外出，她是专门挑父亲外出时段撒野。她骄傲地透露，小小年纪的她已经拥有了对周遭环境细微差异的观察能力，之所以要在那个时候上演跳楼闹剧，完全是因为她看准了母亲的死穴，决定要狠狠地威胁母亲。可人算不如天算，当她正闹在兴头上，眼看母亲就快要屈服了，父亲忽然提早回家。

当时围观的人很多。她的父亲就藏在围观的人群里观赏她的演出。就在母亲流着泪准备要答应偷偷给她买下那件白色蕾丝边短裙的时候，忽然看见父亲从人群里跳出来，他大声驱赶着看得津津有味的围观者，大家一消失，他马上抬起头叉起腰，朝着站在二楼露台、进退两难的婆婆大喊："你现在就给我跳下来。千万记得，要使劲让身子来个一百八十度倒转。头部必须先着地！"

父亲给她下了跳楼命令之后，她反而不跳了。回忆起当时的情景，婆婆不忿地说："他让我跳，我偏不跳！"

那是一场从午后茶点延续到晚餐时段的闹剧。饥肠辘辘的她唯唯诺诺从露台退下后，马上坐到餐桌边等待母亲端上热腾腾的晚餐，仿佛什么事情也不曾发生过。

这件往事，让婆婆感慨万分。在回忆这件往事时，她说出了我从一开始就有的疑惑："奇怪，我这个性格，在父亲坚决不给我买裙子时，应该马上跑到马厩里拿那把锋利的杀牛刀顶在父亲的脖子上，逼他就范。可我当时怎么就想到跳楼了呢？"说完这几句话后，她陷入了沉思。

兔子的新家

　　猪妈妈有三个孩子，老大叫呼呼，老二叫噜噜，还有一个老三叫嘟嘟。

　　有一天，猪妈妈对小猪说："现在你们已经长大了，应该学会一些本领。你们各自去盖一座房子吧！"三只小猪问："妈妈，用什么东西盖房子呢？"猪妈妈说："稻草、木头、砖都可以盖房子，但是草房没有木房结实，木房没有砖房结实。"三只小猪高高兴兴地走了。

——英国童话《三只小猪盖房子》

　　婆婆要把她曾经闹过自杀的老屋子送给兔子先生。

　　那是一栋世代相传的老屋子，满载着她在出生后、出嫁前的全部记忆。婆婆结婚生子后，忙于面包店的生意，经常把兔子先生带到这里，托她母亲照顾，所以这栋满载着婆婆记忆的老屋子也满载着兔子先生的儿时回忆。

　　坚信享乐主义的兔子先生，不愿意接受这份礼物，认为那是母亲对自己使出的孬招——给他送去一个生活的负担，迫使他必须忘掉漂泊的旅行生涯，安分守己地过上正常的已婚生活。由于我向往安稳的婚后生活，对厨房也有深深的期盼，所以就伙同婆婆一起，企图说服兔子先生。在我们的两面夹攻下，兔子先生终于接受了那间老屋子。

那是一个可以归入危楼级别的老屋子。

它和靴子国北部大多数农家大院一样，占地面积较大，在疏阔的空间里，有并排的主居空间和副居空间、两座庭院、一个地窖，以及一个小型的马厩。所有的墙都以石头、泥土和晒干了的农作物枝干砌成，它们的厚度介于半米至一米，还有一个楼梯从地窖升至老屋的最高层。

对我来说，靴子国传统的老屋子构造很奇特。尤其是为了避免潮湿，地窖的地面是以石子铺成，地窖顶部是红砖砌成的古老半圆拱顶。客厅和厨房位于主居空间的底层，一楼是睡房，睡房上层是一间简陋的、四面通风的阁楼。在古老的从前，阁楼是风干香肠和火腿的最理想地点。

副居空间只有两层。据婆婆说，这里底层的主要用途是用来储藏杂物。她说，当她的父亲还是大地主时，这里不仅摆满每个季节父亲下田时所需的衣服和鞋子，就连他耕田时候所需的工具，也散布在这里的每一个角落。每次田园工作的前后，他都会在这里逗留一段时间。而副居室的上层，是一个用来堆放家畜过冬干草的储藏室。

老屋子有着无法追索的悠长历史。婆婆说，粗略估计它建于1600年左右。我听后很兴奋，因为它比我老家很多历史建筑物还要古老——就连著名的马六甲红屋也建于其后。

兔子先生决定接受老屋子的那天，我欣喜若狂地打电话给母亲。听了我对老屋子的形容，她很扫兴地告诉我说，屋子空置太久，必成孤魂野鬼的集聚地，还问我靴子国可有会趋魂逐鬼的道士。

母亲的迷信，一度困扰着我，让我经常因想起那些层出不穷的鬼故事而感到恐惧。尤其是当我身处老屋子时，更觉得背部总会吹来阵阵冷风。

有一回，兔子先生在老屋子里说起往事，自他外公去世后，他外婆一直独居在这栋屋子里，直到脑溢血那天倒地离世。他回想起事发的情景，那天他母亲一直不见外婆出现在面包店，以为外婆忙碌于家畜和菜园，所以午休时间打算去帮外婆打理忙不完的工作。谁知道，当她来到屋子前，看见门户依旧紧闭，才觉得事情有蹊跷。

她在焦急和慌张中掏出了钥匙，打开了门径直冲到楼上，只见外婆呼吸微弱，伏在睡房地上。"喏，她就倒在你脚下这块地上。"兔子先生说。我听后，连蹦带跳地逃到角落里。

老屋子因为有严重的破损迹象，必须进行大幅度的装修。在装修工作动工的前一天，婆婆要我陪她去一趟。她感叹地说，老屋子即将面目全非了。

我陪她再次回到老屋，每到一个角落她就会说起曾经在那里发生过的往事。在她的叙述里，经常有她那位爱喝酒的父亲出现。他在哪里给了她一巴掌，在哪里跟她笑闹，她一一细数着。站在楼梯口时，她指着其中一个台阶说："我爸爸最后一次喝醉，就是在那里跌倒的。"那次喝醉后的失足，他便再没有起来。她说着，就哭了。

吃里"爬"外的大南瓜

"可爱的小兔子，我看见你们园子里种着好多的南瓜，我好想尝一尝啊，你能给我一个大南瓜吗？"

"亲爱的大象，请你等一等，我马上帮你去拿。"不一会儿，红裙裙就抱着个大南瓜摇摇摆摆地走过来。大象"啊呜啊呜"两口就吃掉了大南瓜。

——南幼乐园《超级大南瓜灯》

我对后院进行了开荒，腾出一个小小的角落来种菜。

和左邻右舍的菜园相比，我的菜园小得可怜。可当我进入这块小小的菜园时，感觉自己就像进入了庞大而空旷的世界，像个被放逐在天地之间玩耍的小孩。我跟泥土玩耍，跟匿藏在泥土里的小生命为伴。不小心挖出了软糯糯的蚯蚓，我甚至拈起它们放在手心里，送上问候后，再将它们埋回土里。

我和蚯蚓的亲密关系，让婆婆大发雷霆。她对蚯蚓

有很深的误解，说蚯蚓是专吃植物根部的害虫，一旦找着，务必要将它们剁碎。我记得，在小学教科书上，明明白白列出蚯蚓对土壤和植物的好处。当老师细数蚯蚓的好处时，我还私自把蚯蚓形容为土壤的按摩师，为蚯蚓套上的这个头衔，曾让老师微笑赞许。我于是为蚯蚓与婆婆力辩，婆婆却将这视作一派胡言，她坚持己见，依旧把偶遇的蚯蚓剁碎，惨不忍睹。

在我的菜园里，我是上帝，只种自己爱吃的蔬菜，如西葫芦、番茄以及大白菜等。菜园里每一道土埂，都是经过我仔细测量，再依精准的距离排列整齐的。土埂上的每一棵菜苗也一样，它们彼此间的距离只有毫厘之差。在别人眼里，我的菜园犹如一座娇小的禅境花园。

当菜苗还很小的时候，它们是听话的。我要它们怎么站，姿势怎么摆，它们从未敢违反。当它们渐渐从乖巧的"婴儿期"进入了叛逆的"青春期"，我的菜园就变得不再整齐美丽了。在所有菜苗里，最不听话的首推那棵南瓜藤，调皮的南瓜枝蔓总无视我为它们准备的支架，经常会偷偷找机会紧捉住任何靠近它的物件，用力把茎蔓拉扯过去。一次不留意，南瓜藤终于长过了界，当我发现这条枝蔓时，它已经在篱笆的另一边结了一个小南瓜。为了这吃里爬外的小南瓜，我在面包店里缠上了前来买面包的小镇律师。

律师听了我对整件事情的概述后说，屋子和屋子间的围墙或篱笆就是土地的分界线。就拿我的南瓜藤来说，它攀爬在这道分界线的篱笆上，根长在我这里，所以南瓜藤的根就是我的。但是，如果它爬呀爬的，在篱笆网上钻来钻去跑到了篱笆网另一边，并不幸在另一边的院子里结了果的话，那么，这个南瓜就是邻家的了。

我听后，用微微颤抖的小指掏了掏自己的耳朵，大喊道："什么？"对于我的不忿，律师轻描淡写地回复一句："这就是冷酷无情的法律呀。"

我的南瓜藤在篱笆的另一边结了南瓜是个不争的事实。既不相信"强扭的瓜不甜"，也不相信命运的我，曾经用人为的力量，三番五次将它成功捞回了篱笆的这一边。但谁又会预料到它在一场夏雨之后的那个夜晚，偷偷蹦回原来的位置，又在一夜之间暴长。隔天我发现它又跑到别人的地盘，想要将它再捞回来时，它的身躯已经比铁丝网洞还要大了，任我怎样掏，也掏不回来了。

怎么办？我蹲在南瓜藤下无助地问自己。满头大汗的我忽然急中生智，自己绝不可能是小镇史上唯一碰到这种倒霉事的人，我就不相信生活在小镇里的那些老奶奶们从没遭遇过这种"自然灾害"。我于是又截住了来买面包的老奶奶，把她们聚在一起，听我讲了整件事情的经过之后，老奶奶们因为意见不同差点吵了起来。有人说南瓜是我的，也有人说南瓜是隔壁家的。吵了一阵子之后，她们大概觉得为了我的南瓜而伤和气，实在是一件挺无聊的事，转而决定帮我想出解决方案。经过一番讨论，她们告诉我，有两个方法可以将南瓜要回来：第一，马上硬着头皮去敲邻居的门，跟他说："对不起，当那个南瓜熟了，你能将它还给我吗？"；第二，南瓜成熟后的一个凌晨，趁邻居还在睡觉时，拿一个大大的捕蝴蝶网去将南瓜物归原主。

如果选择的是第二方案，我必须要先爬上篱笆，然后用捕蝴蝶网套住南瓜。还要另叫一个帮凶拿长刀锯断南瓜蒂。"那么，南瓜就会滚进你的网里。那个时候，你马上收网。抱着南瓜，急步跑回自己屋里。"其中一个老奶奶说。可是，帮凶的人选呢？我问老奶奶们。一阵交头接耳之后，她们一致推荐我找尚且年幼的儿子。

当我告诉她们我决定采用第二方案时，小镇律师不知道从哪里冒出来。她说我这属于偷窃行为，再带上未成年的儿子作案，更是不应该。这两种行为都会让我受到法律的制裁。她再次跟我重复了一大堆分界线理论，最后以"冷酷无情"这四个字来为法律做总结。

法律冷酷无情，但是小镇律师却很有情。她在长篇大论之后说，只要我懂得熬制好吃的南瓜果酱，又答应送给她几瓶的话，她就会送我一个来自她家菜园里的大南瓜。这位律师和我非亲非故，勉强只能算是我在小镇的一个相识，这个连朋友也称不上的人要送我南瓜？想到这一点，我虽然感到莫名其妙，但丢失南瓜的心却平衡了不少。我连忙点头答应她的条件。小镇律师临走前丢下一句话："自己要偷自己种的南瓜，轻则罚款，重则坐牢。就为了一个南瓜，你说丢不丢人？"

认识小虎先生

"不,"他的朋友回答说,"感谢你的热情关心,我既不要钱也不要武器,我只是在睡梦中看到你有些悲伤,我担心你出了事,所以连夜飞奔赶了过来。这就是我半夜来访的原因"。

两人的情谊谁更深呢?这样的问题不难回答。一个真正的朋友能让你感到生活的美好,他的关心发自内心深处,他使你畅叙衷肠,倾吐心曲,只要事关朋友,哪怕是个梦,一件无足轻重的小事,他都会为你牵肠挂肚,寝食不安。

——拉·封丹《两个朋友》

如果兔子先生是引诱我穿越兔子洞,来到这全新世界的那个人,小虎先生在我生命里扮演的角色,便是那个带领我遨游新世界、体验前所未有疯狂的人。

小虎先生是兔子先生和羊妹妹的小朋友。他比兔子先生小十一岁，比羊妹妹小八岁。相较起来，我和他的年龄更接近，所以我们很快就成为好朋友。

我是因羊妹妹认识他的。那是一个春天的早晨，阳光特别明媚。小镇的路上，是一辆又一辆笨重的农作车。当时，我坐在羊妹妹的车上，跟在一辆农作车后面走走停停。每次停车，羊妹妹就会脱口而出一连串粗话，尽情发泄交通拥堵给她带来的浮躁。但有一次停车，羊妹妹不怒反喜，她兴高采烈地摇下了车窗，朝一个陌生的背影喊出一个陌生的名字。

顺着她的视线望去，是一个一头长长金色天然卷发、正在贴海报的男生，他转过身来，我看见了他那双浅蓝色的眼睛。他礼貌地向羊妹妹点了点头，笑着跟她打招呼。那个笑容，正如那天的晨阳一般灿烂。车子又往前开，羊妹妹跟我说："那个男孩是镇上新一代的年轻怪人。"我听后，只是随意地"哦"了一声做回应，压根儿没有把这件事情放在心上。谁也没有预料到，这个和我偶遇街头的年轻人，会在以后与我成为坦诚相待而爱恨交加的好朋友。

我和小虎先生无话不谈，每次谈天都毫无顾忌。坦诚直率的措辞，在好的时候是一抹蜂蜜，在坏的时候，是一把锋刃。所以，在我做的每一件事上，他都坚持就事论事，绝不偏帮。兔子先生非常看重他的这个优点，所以他一旦跟我讲不清道理，总会把小虎先生叫来评理。如果理在我这边，小虎先生就会详尽地跟兔子先生分析；但如果理在兔子先生那一边，他就会跟我解释误会发生的来龙去脉。解释之后，他总会跟兔子先生说："文化的差异，导致了视角的不同而已。她也挺难的，孤孤单单的异乡生活里，没有家人也没有朋友，她就只有你了。"他的这一番话，让我听得委屈，更让兔子先生听得惭愧。

小虎先生与蘑菇

小白兔可舍不得把这个大蘑菇吃掉，她对大蘑菇说："你长得这么大，真的像一把伞，那你就叫'蘑菇伞'吧。我想很快就会有许多美丽的故事在你身边发生。"

小白兔说完就蹦蹦跳跳地走了。

——李宏声《蘑菇伞下的笑声》

小虎先生带我做过的疯狂事不胜枚举。有一次他带我到森林里采蘑菇，让我毕生难忘，因为那是他唯一一次一反温文尔雅的形象，对我破口大骂。

除了春夏季的菜园劳作之外，到森林里采蘑菇是小镇人在每年秋天一定例行的另一个传统。每年十月开始，他们就会天天盼望秋天的第一场雨，雨后还要再苦等两天以上的放晴。那一场雨，会将所有不舍得离开树枝的枯叶都打下，枯叶会覆盖在潮湿的土壤上，经过两天暖和秋阳的照耀，枯叶下层就有可能冒出一棵棵各种各样的蘑菇。这

个时候，就是他们出发到森林里采蘑菇的最佳时节。

是我要求小虎先生把我带到森林里去的，而且还是经过三番五次的恳求，他才勉强答应。我不知道为什么这个向来对我有求必应的人，唯独在采蘑菇这件简单的事情上那么不爽快。每次问起他当初为什么一直拒绝带我到森林采蘑菇，他都支支吾吾。直到有一次，他终于说出了他曾经的顾忌。对小镇居民来说，到森林采蘑菇是一件极为普通的事情，但我毕竟是一个城里人，而且笨手笨脚，对四周环境的感应也非常迟钝。"就算只把你带到森林边散步，我觉得也可能会是一场历险。"小虎先生说。

为了说服小虎先生带我去进行这场所谓的冒险，我偷偷学会了小镇的野外基本求生法——爬树。在我跟他示范了我灵巧的身手后，他终于投降。接着，他利用两个星期的下班时间来教我辨别可食用的好蘑菇、不可食的坏蘑菇。

那是一个秋色盎然的周日早晨。我们和所有要到森林里摘蘑菇的镇民一样，手提篮子，头戴帽子，身穿防湿外套、厚长裤，脚上套着塑胶长靴，一起往森林大步迈去。一路上，我打量打量他，再打量打量自己，然后扑哧一声笑了出来。我笑问他，我们像不像全副武装的游击队，他纠正我说："我们确实是蘑菇游击队！"

我和小虎先生真的是团结的采蘑菇游击队。我们并不像其他镇民那样，一踏进森林就分道扬镳，单枪匹马往四面八方奔去。因为这是我第一次真正深入森林，小虎先生为了确保我的安全，决定要全程保护我。刚开始的时候，不管我怎么窜，回头总见他安安静静地跟在我的身后。到了后来，我发觉身后的他，已经没有了之前安静自若的神态，他紧紧盯着我和我手里的一篮子蘑菇。从他的眼神中，我看见一抹冷峻，仿佛是在极力压抑着一种快要爆发的情绪。为了缓解自己的心理压力，我加快了动作，将看到的蘑菇都一一摘下，丢到篮子里。

越快步向前，采蘑菇的动作越快，我就越感觉身后的他已悄然变成一头心烦气躁的野兽。我气喘喘地在前面追寻蘑菇的踪影，他气喘喘地在后面跟随我的踪迹。我们就这样一个一头往前冲，一个在身后赶。没过多久，我身后的他再也忍不住，发出悲惨绝望的喊声："我忍你很久了，笨蛋！紫色蘑菇你也摘？你是不是活腻了？"这是我第一次看见小虎先生发怒的样子，我无措得就好像一只在散步时，不小心遇见狐狸的兔子。在他怒吼的余音下，我慌忙停下脚步，提着篮子，战战兢兢转过身看着他。

可能小虎先生也觉得自己失了态。正在懊恼自己一直维护的斯文形象，怎么突然就被我那一篮子的蘑菇破坏了？我呆呆地看他，他也呆呆地看我。一会儿之后，他才挠头抓脑，把我的篮子抢了过去。他蹲了下来，在我的篮子里拼命翻找，一面翻，一面摇头，一面叹息。原来天塌下来当被子盖的豁达性格，在那一刻完全不见了踪影，丧气的他，眼角和嘴角一起下垂，蓝色眼睛就像两只生了重病的鱼——垂着尾巴，仰起头，浮上水面贪婪地吸着氧气。一头金黄色的卷发，也像是被沙尘暴刮过似的，凌乱而毛糙。

我满满一篮子的蘑菇，几乎被他见一棵丢一棵。在他的严格挑选下，最后只惨剩六棵。我望着那些被他狠狠丢弃的蘑菇，心里感觉十分不舍。

怎么去识别一棵好蘑菇？我记得小虎先生曾说过："好蘑菇就和好女人一样，外表一般比较朴实，不养眼；而坏蘑菇也和坏女人一样，外表的装扮通常比较艳丽。"我将记忆中他对蘑菇与女人的感叹还原出来，他却誓死都不承认他曾说过这番话。他说自己是绝不会用这样尖酸刻薄的话来评论女人，因为女人是这世界上最可爱的生物。那一刻，我和小虎先生各持己见，让双方都陷入尴尬的沉默。为了缓和这紧张关系，小虎先生灵机一动，欣然提起了刚被我摘下的紫色蘑菇："凭我对你的了解，如果没有我的监视，你一定会把这最美丽的紫色蘑菇煮来吃。一旦吃下它，你在三十分钟内必死无疑！"

生长在森林里的野生蘑菇，不可服食的占大多数。这些毒蘑菇，正如小虎先生一直不肯承认的理论一样：它们和坏女人有共同点——都拥有诱人的美丽外表。被小虎先生提点了一下，我才迟钝地想起他曾经告诉过我，鲜黄色和浅紫色的蘑菇毒性最高。

在小虎先生带我到森林里摘蘑菇之前，我就已经享用过以小镇野蘑菇焖成的杂烩蘑菇。每年秋季的蘑菇季节一到，婆婆当然也不落人后地去森林采蘑菇并埋头在厨房里煮蘑菇。她先将蘑菇洗净，粗切成大小不一的块状。把大葱炒香后，将蘑菇倒下锅炒均匀，再加一些水，盖上锅盖以小火焖熟。熄火上桌之前，加一些香菜末和调味料，一道香喷喷的小镇传统菜肴就上桌了。

我太过贪生怕死，所以尽管我对这道菜是那么渴望，也从不敢在第一时间品尝。我把刚煮好的杂烩蘑菇装在盒子里，一回到家，马上放入冰箱，担心那道杂烩蘑菇就算是以没有毒素的好蘑菇煮成的，也可能会因为温度而质变成毒蘑菇。

第二天一早，我借故跑到婆婆家去，看她是否还好好活着。如果她还活蹦乱跳，我就会赶紧回家，将杂烩蘑菇加热当早餐吃了；但是，如果婆婆状态不好，我也得赶紧回家，将那一盒杂烩蘑菇倒掉。

　　想起我这个不为人知的秘密时，我独自笑了起来，斜眼见小虎先生在一旁郁闷，为了博他一笑，我决定向他坦白。小虎先生听后，果然大笑。他说，他八十五岁高龄的父亲也常去森林里采蘑菇，他妈妈也将爸爸采回来的蘑菇煮成杂烩蘑菇。但是，不管怎样，他都不会在煮好的当天吃这道菜，他会和我一样找一个不吃的借口。隔天看见家人完好无缺地活着的话，才会去把那一道菜当午餐吃了。小虎先生的狡猾，和我的不约而同。一起分享秘密后，我们忽然很感慨地说："真想不到我俩都这样贪生怕死啊！"

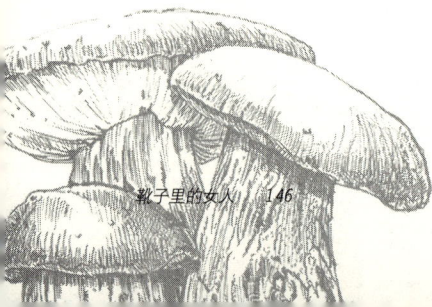

牧牛人的女儿

有人问老牧人："你最喜欢在哪儿放牛？"

他说："就在草儿既不肥也不瘦的地方，先生。不然就放不好。"

"为什么会不好？"那人又问。

"你没听到草地那边传来的悲号吗？"牧人答道。

——格林童话《鸱鹕和戴胜》

朋友聚会才刚开始，伊莎贝拉就已经处于半醉状态。她因酒精而面晕成霞，可是，在接了一通对方说了一句话就挂断的来电后，她脸上的红霞悄然退去。她独自沉默了一会儿说，那是来自她父亲的电话。我们都猜到，在刚刚开始的聚会里，伊莎贝拉即将离开。

伊莎贝拉的父亲是小镇最资深的牧牛人。他在电话中只对伊莎贝拉说了短短一句"雪山将于明晚下雪"。原本在朋友群里情绪高亢的伊莎贝拉，却为此情绪跌至谷底。

对旁人来说，伊莎贝拉父亲的那一句"雪山将于明晚下雪"，只是一句毫无意义的话。然而，对我们这几个了解她家养牛业的朋友们来说，它是一串暗藏玄机的密码——它告诉了伊莎贝拉必须即刻回家睡觉，隔天一大早就得出发到雪山上，趁下雪之前，把放养在山坡上的牛群赶到停泊在山下的大卡车里，运回附近的平原。

"可是，现在都几点了？我明天怎么起早？"半醉的伊莎贝拉以近乎哭号的声音喊着。接着，她又悔不当初地低诉："该死，我应该等第一场雪下过之后再喝酒的啊！"身为朋友的我们，在这时也只能口拙地安慰她："你还是赶紧回家睡觉吧。"

每年秋天，当气温渐渐转凉，伊莎贝拉的父亲就会将牛群赶上雪山，放养在山坡上。这一放，就是三个月左右，一直到雪山飘下第一场雪的前一天，他又会匆匆上山，把牛运回平原。因为牛数量太多，每次赶牛上山或是下山，都需要大量的人力。伊莎贝拉和她的姐姐——玛达，是赶牛人名单里的前两名。

伊莎贝拉的父亲把他们家的八十七头牛放养在一个很美丽的山坡上。那是一片在蓝天白云下，一望无际的草原。那里的空气，干燥又清新，近近远远的山脉如云般起伏，美得犹如一幅画。由于草原的辽阔，所需的赶牛人手比往年更多，人们从四面八方将牛群聚集在一起后，再把它们往同一个方向赶，一直赶下陡斜的山坡。下了山坡，还得走一段路，才能到达接送牛群的大型家畜专用车。

在伊莎贝拉的形容下，雪山的美景犹如仙境，赶牛作业也在她的叙述下充满了童话氛围。可是，现实毕竟是残酷的。清醒后的她说："如果不是上山赶牛，而是和朋友在一起，不管是野餐，还是纯粹度周末，我都是十分愿意去的。"

小虎先生当时也在场。听了伊莎贝拉周游在梦幻与现实之间的感慨后，他用手肘大力将我推了推，兴奋但低声问我说："你要不要去拍拍照片，顺便亲自体验一下赶牛？"

单凭伊莎贝拉的叙述，我早已经沉浸在雪山赶牛的美丽氛围里。小虎先生的建议，让我萌发要跟伊莎贝拉上雪山散步拍照的念头。小虎先生见我那副蠢蠢欲动的神情，就马上跟伊莎贝拉说："她明天陪你去。"

听说我要同往，伊莎贝拉喜上眉梢。她高呼一声"万岁"，快步走到我的面前，从她眼中流露出的是无限的感动。那神情，好像我答应要陪她赴汤蹈火似的。我当时并不知道伊莎贝拉误解了我要跟她上雪山的目的，她不知道我纯粹只为了拍些照片而已。

于是，当她后来抱住我，不断重复"你真好"这一句的时候，我心里闪过一个疑问：难道她酒劲来了？我只不过要去拍照而已，怎么就成好人了？我在伊莎贝拉的怀里已经开始想象八十七头牛聚集在蓝天白云下的壮观景象，这个景象让我雀跃不已。

雪山赶牛记

　　每天早晨，当金色的阳光照亮草原的时候，小花牛波波就和其他牛儿一起，在牧人们的驱赶下，奔向广阔无边的牧场，开始一天的生活。

　　今天却有些特别：不管波波朝哪儿张望，都找不到牧人的影子。难道已经没有人看管了吗？波波惊喜地想着。它是只淘气的小牛，早就想离开草原，到别的地方去逛逛。现在，机会已经来临，它赶紧悄悄地离开了大家。

——蒋文迅《小花牛爱上无人牧场》

　　我在赶牛的时候，一共在山坡上摔了四跤。

　　我迫不及待地把摔跤的消息告诉了小虎先生，他在电话里放声大笑，喘着气跟我说："早就知道你会出丑了。"

　　在这通电话之前，我从未怀疑他鼓励我上雪山的用心。想到他代替我和伊莎贝拉定下雪山之约时的眉飞色舞，我心里就觉得奇怪：上雪山的人是我，可他为什么比我更兴奋呢？可能他是为我将接触我从未见过的另一个世界而感到欣慰；或者，他了解我既贪玩又好热闹的性格，觉得我跟伊莎贝拉上雪山，一定会度过一个愉快的周末……这些我统统都想到了，可是就没想到他竟然有要看我出丑的居心。

在我们去雪山的途中，小虎先生就一直给我发短信，多半是短短的一句"到了吗"而已。我对他频频发出这种内容贫乏的短信感到不解，伊莎贝拉也猜不出一个理所当然，她淡淡地回答一句："可能是太无聊了吧。"

当小虎先生知道我们的车子从雪山启程，往小镇走时，他的短信量竟比来程时更多。每一则短信都问起我们当时的所在之地以及交通状况。我和伊莎贝拉因为太忙太累，所以没有给他回复。可能是等不及了，他后来干脆给我来了电话："喂，赶牛女，回到小镇后，先别回家，直接来我这儿吧。因为我想闻闻久违的牛粪味儿，更想看看你狼狈的样子。"

原本只是要上雪山拍照的我，到雪山后，就化身成为一个赶牛女。当他们把一根木杖分配给我，手握相机的我立刻感觉不妙。那一刻，我愣住了，拼命在人群和牛群中寻找伊莎贝拉的倩影。好不容易看到她后，我使劲向她招手，可她回复我的却是一个加油的手势。

我和其他人一样，面对着牛群，背对着一个被细线围绕的临时围栏。就这样准备就绪时，一个牧牛人跑到我跟前，他指着那些绑在栏杆上的细线说："这些细线都是通了电的细铁丝。只要牛触碰到这些电绳子就会被电着，会有又痛又麻的感觉。所以你要小心，千万别碰它们。"

听他这一说，我更害怕了。背对着这些神奇的电绳，我感到十分不安，担心着要是那八十七头牛在惊慌失措下，一齐向我冲来，我可能会往后倒，倒在这些电绳上。到时，我的死因可不是被撞死或踩死那么简单了。

离我最近的两个赶牛人，都在离我十五米之外的左右两边。我常常偷看他们，想在他们注意到我的时候，告诉他们我在赶牛这方面完全没有经验，请求他们照应我。可是，他们却看也不看我一眼，全神贯注，双眼直直盯着牛群。自我被当作赶牛女，站在其中一个赶牛点上，我的经脉一直处在紧绷状态，紧张到连小虎先生的短信，手机不停作响也没有听见。那时候，我只感觉自己离死亡只有一步之遥。

大家同心协力把牛群赶到山下后，我终于松了一口气，给小虎先生打去了电话。我一面说，他一面笑。电话那端不断传来哈哈大笑的声音，让我觉得他好像把我诉说的惊险经历当作笑话来听。他说，他没收到我消息，还以为我已经被牛群撞死了。接着，他说了两句很有人性的话："如果你在赶牛过程中丧命的话，我将内疚至死。"但是他的"有人性"只出现了短短的几秒钟："刚才你说，你在山坡上一共摔了四跤。我就纳闷儿，在你摔的那四跤中，怎么没有一跤是摔在牛粪上呢？"

我没有摔在牛粪上，摔在牛粪上的是伊莎贝拉的胖姐姐，玛达。

玛达经过我的站岗点，准备走到山顶高声呼唤在另一个山坡上吃草的牛群，不小心踩到我前面不远处一坨新鲜的牛粪上。开朗的她，在滑倒后爬起来，用手拂去沾在牛仔裤和外套上的牛粪，直朝我傻笑。她说："怎么会是我？我们都以为会摔在牛粪上的人只有你而已。"

除了玛达，伊莎贝拉也摔倒了。她和我一样，只摔在干净的草地上。但是，她只摔了一跤，而我却一共摔了四跤。

我以为没有人看见我摔跤的狼狈样。每次倒下，我都会马上顾虑到面子的问题而"嚯"一声，从原地快速跳起。我自觉身手敏捷，绝不会有人发现我摔过跤。更何况，大伙儿都忙着在陡斜的山坡上赶牛，不会有人留意到。可是，就在我赶牛的最后一段路中，一个一直沉默的赶牛人忽然走过我身边对我说："这段路不那么陡了，所以你不会再摔了。"他这句话，让我吃惊不已：难道他看见我摔了？他仿佛感应到我心里的疑问，"我见你已经摔了四次了"。

我那四次的失足，至今仍是小虎先生偶尔会说起的话题："我真是有眼不识泰山，在那种斜坡上，你只摔倒，而没有在摔倒之后像球一样滚下山坡，真使人无法相信。"言下竟有遗憾之意。有一次，我问他是不是希望我能滚成一粒雪球，小虎先生竟然回答："从放养了三个月牛群的山坡上滚下来，是不可能滚成一雪球的，只会滚成一粒粪球。"

我只在赶牛的时候摔倒过。站岗时，我虽然挥着木杖，左右来回如螃蟹般地忙碌横行，却没有一次失去平衡。对牛群来说，一面如螃蟹般横行，一面用力挥动木杖，一脸惊慌又扯着喉咙尖叫的我，可能是太奇怪了，所以我一旦靠近它们，牛群便吓得马上止步。

牛群却给了伊莎贝拉不一样的待遇，大概是因为她太胖了动作不灵活，我总感觉牛群根本不把她放在眼里。一些不听使唤的牛直接冲向她，她一闪身，牛就撞到电绳子上去，一只只都触了电。

开始的时候，伊莎贝拉只是朝那些向她奔来的牛群摇摆木杖而已，可是到了后来，因为牛太不听话，惹得她干脆挥起木杖打牛了。木杖打在牛身上，发出"啪啪"的声响。因为不忍心让牛感到疼痛，所以我挥出去的每一杖，在快接近牛身时就会立刻停止，然后再慢慢慢慢地戳在它们身上。当然，我是扎稳了马步才敢去戳牛的。因为我无时无刻都谨记着自己身后是一条一条的电绳，担心一不小心就会有触电的危险。

我虽然极其好奇那些电绳的电压，但是始终不敢去亲身检验一次。事隔许久，我向小虎先生问起了电绳的电压。他说，他年少无知时，在好奇心的促使下，曾经触摸过那些电绳。说完这段往事，小虎先生问我，以我对凡事都感好奇的性格，为什么就没有去碰一碰那些电绳呢？我老实告诉他说，我这人天生只长心，不长胆。所以在所有可能对生命造成威胁的事情上，我一直都能成功将好奇心压制下来。我接着继续追问他关于电压的情况。他想了一想说："不弱。如果你用你的脑袋去碰的话，那绝对可以将你电成稍微聪明的那种。"

小虎先生的尖酸刻薄让我听了很不服气："照这么说，你今天所有的小聪明，大概就是因为当年被电绳电过的关系了？"

辑 二

我 嬉 戏 于 星 球 与 星 球 之 间

这 里 没 有 所 谓 的 繁 华

与 我 相 随 的

只 有 偶 尔 的 自 语

和 散 落 在 星 际 中 的 快 乐 片 段

浅蓝眼珠

小虎先生那双美丽的浅蓝色眼睛，经常被他藏在墨镜后面。

他说，这双浅蓝眼珠带给他的是无时无刻不在的懊恼。在春夏季的明媚阳光下，鲜艳的色彩会让他感觉视觉上的不舒服；冬天，覆盖着白雪的白色大地，对他来说，尤其刺目；秋天，似梦似幻的大雾天里，忽隐忽现的秋阳，也会使他的眼睛受不了。我听着他诉说浅蓝色带给他的所有懊恼，也感觉很懊恼。因为传说中浪漫的蓝眼珠，竟然是这样的不浪漫。

工作履历

　　安德鲁、姑姑和莫妮卡看了我为求职准备的工作履历之后，觉得我列在表里的工作经验稍显清高与单调。他们说，一个求职的人应该要懂得善用履历来表现自己全方面的专长。他们决定要研究研究，帮我的履历表再增加些什么。

　　姑姑建议说："就写她当过清洁工吧。"

　　安德鲁和莫妮卡想到我乱糟糟的家，大笑着反对。

　　安德鲁建议："就写她当过看小孩的保姆吧。"

　　莫妮卡和姑姑想到一直被我当牛羊来放养的亲生孩子，大笑着反对。

　　莫妮卡建议："就写她帮别人熨过衣服。"

　　安德鲁和姑姑想到我常常穿着一身皱巴巴的衣服，以及搁在墙角里积满了灰尘的熨斗，又大笑着反对。

　　看他们借着我的工作履历的事来取笑我，我感到很不是滋味。我气呼呼地责问他们："我难道什么都干不好吗？"

　　他们收起笑容，严肃地想了一想后，又开始了另一波的大笑。

变性母鸡

莫妮卡神色凝重地问我，在我多年的养鸡生涯里，有没有看到过一只变性的鸡。

听了她的问题，我忍不住大笑起来。

"到底有没有？"莫妮卡提高音量，急着对不断大笑的我喊。

在我的笑声中，她自言自语地说："奇怪，为什么我那七岁大的母鸡忽然就变成一只公鸡了呢？"

在她喃喃自语时，我还在继续大笑。

"它忽然长出了鸡冠，尾巴的羽毛也长长了，只欠没有在每天早晨打鸣而已。"莫妮卡继续说。在她的自言自语中，我笑出了眼泪。

兽医卡罗走进了咖啡馆。

卡罗的身影，让莫妮卡双眼发亮。她从座位上跳起，直奔到卡罗面前，捉住他问："在你当兽医的岁月里，有没有遇到过变性的鸡？"

卡罗说："我没遇见过。但是有科学证实：如果只养一群母鸡的话，很有可能一只母鸡会忽然在一天决定自己要当公鸡的。"

卡罗的话，让我再次大笑。

莫妮卡听完卡罗的话后，舒了一口气："原来我看到的，不是幻觉。"而卡罗也很有感触地说："想不到书中母鸡变性的理论，会在我们小镇出现实例。"

月亮和星星

　　我和麦斯坐在天台上，欣赏在晴朗夜空中的皓月与群星。

　　我们就这样静静坐着。过了很久，他说："你看，月亮像一盏大圆灯，而星星像一盏又一盏的小灯。你怎么想的？"

　　我老老实实地说："月亮像一颗又圆又大的柠檬糖，而星星像撒在空心牛角包上；七零八落的粗糖粒。"

　　我一说完，麦斯传来一声叹息。我听见他问："听说，你是写诗的？"

凶猛的野生动物

观赏完世界野生动物纪录片后，拉蒙很庆幸自己生长在小镇里。

他很感慨地说："生活在我们的小镇，真是一件幸福的事。因为我们虽然有很大的森林，可森林里却没有凶猛的、有毒的野生动物。"这时候，不幸患上感冒而静静坐在一边、整晚没说话的小虎先生忽然说话了："谁说没有？"

"我们的小镇有凶猛的、有毒的野生动物？"我和拉蒙坐直了身，异口同声、惊慌地反问小虎先生。小虎先生保持一贯优哉游哉的神态卖关子。他先抓了抓腮胡，再弄了弄帽子。卷起一支烟点燃后，他抬眼看了我和拉蒙一眼说："原本没有，但是十八年前忽然有了。"

我和拉蒙面面相觑，脑子一时半会儿转不过来。小虎先生顿了顿继续说："凶猛的，有毒的野生动物是吧？"他用手指向我，说："喏，她，就是。"

我过得很不容易

因为语言的障碍，除非有紧急事件，我是不会随便给朋友发短信的。但是，就算我再如何花尽心思企图将短信写好，一般都被他们当作笑话来看待。

他们常常漠视我短信的内容，而全神贯注在文字和文法的使用上。于是，我在短信里说的事，都得不到他们的回复。他们回复我的短信，都在纠正我犯的错误。有一次，有一个朋友不仅取笑我文法不妥、用词不当，还以一串的 hahaha 作为结束。

看着那则短信，我立刻想象他握着手机，倒在沙发中大笑的样子。这让我又羞又怒，我气红着脸，埋头写："你笑什么？你以为我容易吗我？我身边尽是你们这一群只说自己语言的人；打开电台，一般听见的是英文曲子；面对电脑大屏幕，我得写中文；面对手机小屏幕，我得写意大利文。你说我容易吗？"

不久之后，我又收到那个人发来的回复，上面只有一串 hahaha。

投票给我

因为受不了我的唠叨，从不关心国家大事的小虎先生终于答应我去投票。

去投票站之前，他来问我："你倒说说看，为什么你一直劝我去投票？"

我跟他啰里啰唆地说了一大堆有关投票是每一个公民应尽的责任的话。

他听后说："我还是不想去。"

"我从没摸过选票，特别羡慕可以去投票的人。你就姑且去一去，就算给我投票吧。"我近乎哀求地对他说，让他双眼发亮。他说，只要我将最后两句再重复一遍的话，他就去投票。我毫不迟疑，乖乖把那两句重复给他听。

投票之后，小虎先生来到我家："我没有在选票上打勾。我只在国会议员那空白的地方写了一个在我心目中甚为独特的人的名字。"

当我正疑惑时，他继续说："是个女的。很直率的，养很多猫的。不太会做家务，但是很会烹饪的……"

"啊！"我惨叫。

"是的，你刚才跟我说了两遍'给我投票'，所以我在那栏写了你的名字。"

有趣的偶遇

一个陌生男子在露天蔬果市场里巧遇了正在闲逛的我。

湛蓝的天空下，这个陌生男子隔着一叠叠各式各样的蔬果箱子对我喊话："嗨，你！你结婚了没？"

我马上笑着对他喊："结了！"

他搓了搓手掌，再喊："哦，我叫保罗。可是你结婚了！"

"是啊，保罗，我是已婚女子了！"我笑着回答。

"那，你离婚时候，记得通知我一声。"他再喊。

这个时候，市场里的人们都因为他这有趣的叮嘱而大笑起来。我跟着大伙儿一起笑。我继续对他喊："好的，我万一离婚了，就通知你！"

我以为这一来一往、不负责任的对话会在我轻佻的应允下宣告结束。谁知道，他还不罢休。他对人们喊："你们认识她吗？认识她的人都听好，她一旦离婚，你们都得马上告诉我！"

人们跟着起哄，大喊："放心去收购你的奇异果吧，她一离婚我们一定会通知你的！"

作为一个女性，这种轻松又没有负担的讨好，还是会让我感到高兴。回到家，我急忙上网，把这件趣事跟我的一个老朋友分享。他很感慨："想不到外国人在我们东方女性的审美上，还真有问题。以你的姿色，竟然也会受到青睐？难怪你会死赖在那边，很少回来。"

名　字

外国友人问我："听说，你们的爸爸给你们取的名字都有含义，不像我们的名字，枯燥又单调，全都是在《圣经》里随便挑来的。"

"一般是的。"我答。

"那么，你名字的含义是？"他好奇地问。

"我的旧名字，是我爸爸特意从他两个偶像的名字中各取一字拼凑成的。后来因为算命师说那名字将会带给我厄运，旧名字就被他抛弃，又重新给我取了新名字。"

他对我的厄运感到非常好奇，穷追不舍地问。我因为懒得说，所以跟他说那是隐私。外国人最注重隐私，所以将不想回答的话都归纳到隐私那一块是最有效的拒绝。

"那你的新名字有什么含义呢？"他虽然转变了话题，但是仍旧兜转在我的中文名字上。"琲，是一串珠子的意思；钧，是中国古代的重量单位。一个钧，大约是你们15公斤。"我说。

"象征什么呢？"

"笨，发挥一下想象力：我，琲钧，是一串 15 公斤重的珠子！"

沉默一会儿之后，他总结："好像没什么意思。"

车厢里

我们都很无聊。

我坐在司机座后面的第三排，他坐在另一边的第二排。

当公车离开小镇，飞驰在田园小道上的时候，我戴上耳机，他打开了笔记本。

我听中文流行乐，他看麦当娜的性感音乐录影。

当我耳机里响起王力宏的《第一个清晨》时，他的麦当娜已经在大唱大跳。才一会儿，保守的白色西装被脱得只剩一件黑色乳罩。

我斜眼看到这风景，禁不住皱起眉头。而他，则津津有味地向坐在他前后左右的乘客炫耀。就在他把笔记本传向坐在我前面的乘客时，误按了不该按的键，原来竖立的画面忽然横卧，他的麦当娜仿佛脱离了地心吸力，躺在那里跳起舞来。

他手足无措，我幸灾乐祸。

坐在我后面的老女人用意大利语说："看，上帝惩罚他了，阿门。"

　　我嘴里没说什么，但在心里说了句："你活该。"

　　公车继续往都灵方向开。我们继续无聊地看窗外的风景，而他继续无措地研究着他的笔记本。

女人的性感

马克似乎忘了他是来找我拿订货单的。

在阴盛阳衰的面包店里，具有人来疯天性、又贫嘴的他忽然得意忘形，跟我的顾客高谈阔论起性感的话题："女人的性感嘛，就是……"

才刚要开始说，他就因为发现我的存在，斜斜盯了我一眼，说："你快回去卖面包。"

我笑眯眯转身，假装走开。他清一清喉咙，准备往下说时，我又成功回到了顾客群里。

"女人的性感嘛，就是……"马克因为发现了藏匿在顾客群里的我，再次将谈话中断。他对我说："乖，你如果听话，我待会儿就送你一张 Happy Feet 的影碟。"

我说，我不要 DVD。我要知道女人的性感到底在哪里。

马克拿我没法，叹了一口气，招手叫我靠近。当我站在他面前的时候，他要我让他看看我脚上穿的袜子。

我弯下身，卷起右边的牛仔裤，让半截小腿暴露在他眼前。

　　马克这次不再斜眼看我，他正视了穿在我脚上那双长至膝盖，打着横线，色彩缤纷的袜子。

　　看了之后，他作出一副受不了的表情，连咳两声后，跟大伙儿说："女人的性感嘛，就是……"他顿了一顿："就是不可以穿像我家太太穿的那种肉色袜子。当然，也不可以穿像这位阿贝女士穿的卡通袜子。"

　　当我回过神，马克正在歇斯底里地笑。

　　一气之下，我走到他身边，以穿着卡通袜子的右脚重重踩在他的左脚上。丢下一句："这星期我不打算向你订货。"

试　探

女儿病了。

那是一个我赶稿子的寒冷冬夜。在自己迷糊的梦中，和我断断续续敲出的滴答键盘声里，她不断地叫唤着"妈妈"。一直到我放下正在进行的工作坐到她身旁，轻握那双滚烫的小手，她才再次沉沉睡去。

我该如何形容这一刻？看着她那张红通通的小脸，在这天寒地冻、万籁俱寂的夜里，她微弱的呼唤声就好像一首轻柔的试音曲，它在试探着心的方向，试探着爱。

我不爱你了

女儿要考我的意大利文。

她问，"我爱你"的意大利文怎么说。我答，Ti amo。

然后，她又问，"我爱你"的现在进行式呢？我答，Sto innamorando di te。

问完这两个问题，她满意地点了点头。接着，她又问我，"我爱你"的过去式怎么说。我答，Ti ho amato。

听后，她将我狠狠称赞了一番。才过一会儿，她再次发问，那么，"我爱你"的未来式呢？这时，我想也不想地回答，Non ti amo piu（我不爱你了）。

爱上一头羊

老师问女儿："我常常看见一个东方女人去找一只羊。她趴在围墙上，咩咩地模仿羊叫。羊儿听见她的叫声，急急忙忙就朝她跑来。接着，她把手伸入墙缝去碰羊儿的鼻子，跟羊说话，也喂它吃东西……我想问，我看到的那个女人是不是你的妈妈？"

女儿听后，红着脸回答："是的，老师。你看见的那个东方女人就是我妈妈。她和那只羊恋爱已经一年多了。"

带我私奔

正处在叛逆期的儿子，与他处于中年危机边缘的父亲，一言不合吵了起来。吵完之后，他气呼呼地跟我说："等我一满十八岁，就带你离开这个家。"

儿子说他要带我离家出走？我呆呆地望着仍未消气、面红耳赤的他，心想：是我听错了，还是他说错了？我问他："你确定要带的是我，而不是你的未来女友一起走？"

他笃定地说："当然是你啊。我总不能让你一个人留下，独自对着这个老头吧？"听后，我感动得差点哭了。我掏心掏肺地告诉他，他今天的这番话，值得我献上一个大大的吻。

对亲吻和拥抱有行为洁癖的他，马上拔腿就逃。逃到了大铁门外的安全区域后，他向我喊道："如果你再动不动就说要吻我，我就不带你走了。"

谁最美丽

在采购回程中，巧遇儿子和他的朋友马迪欧。

因为聊得天花乱坠，这两个大男孩并没有发现渐渐向他们靠近的我。

乍一发现我的存在后，马迪欧在惊慌下错口和儿子一起大声叫了我"妈妈"。不知道从哪里来的淘气，我为老不尊，狡猾地问马迪欧说："你说，是我这个妈妈美，还是你亲生妈妈比较美？"

马迪欧尴尬大笑："当然是我的亲生妈妈比较美！"

听见他的答复后，我把购物袋提到他的眼前，轻轻晃了一晃，说："那好，这里面有马斯卡彭乳酪，我现在就去做提拉米苏，而你别想吃！"

说罢，我抬高头，转身就走。马迪欧快步蹿到我面前，大声告诉我说，他刚才是开玩笑而已。他说："你不只比我妈妈美丽，你还是全村镇里最美丽的女性！"

童话英语

　　兔子先生的英语水平其实是不行的。

　　除非他把要说的句子先以母语意大利语输入脑袋，悄悄在脑袋里翻译再加以整理，才勉强可以说出两句比较像样的英语。要是他不好好将这个流程循规蹈矩进行到底，从他嘴里溜出的英文简直是不堪入耳。记得有一次清理他祖母的故居，一只大老鼠从他眼前飞奔而过。惊吓之中，他扯破嗓子喊："啊，你看！多么大的一只 Mickey Mouse（米老鼠）在逃跑呀！"

　　有一只迪士尼的米老鼠从我们的院子里逃跑？我忍住了笑，若无其事地对他说："Mickey Mouse（米老鼠）逃跑了是小事。家里有一只 Donald Duck（唐老鸭）等我回去煮它才是大事呢。时间有点儿迟了，我们还是赶紧回家吧。"

所谓情话

这一晚，兔子先生忽然心血来潮要跟我说情话。

他说："对我来说，你就是我的外婆，我的祖母，我的母亲，我的妻子，我的情人，我的妹妹，我的女儿……"

深情款款的这一番话，却让我听出一身疲惫。我将视线从他身上移开，回到电脑屏幕上，木着一张脸继续写稿。我始终没有接话，因为我知道如果要我说，我一定会说："如果当你的女人是那么累的话，我真想辞职啊。"

为兔子取名

　　预言家预言，在不久的未来，战争将在土耳其展开。

　　兔子先生读完这篇文章后，很有感慨。他说，战争一开始，钞票都将变成废纸。

　　感慨之后，一个"买兔计划"闪进了他的脑袋。他说："我们赶快去买一只雄兔子、五只雌兔子来养吧。如果这预言成真，当战争真的开始时，我们的兔子早已因为恋爱而生了一大群可以在炮火中饱腹人类的后代了。"接着，他也当上了预言家，预言我的写作事业将步入困境。他说，战争一旦开始，人们再也不会有心情阅读旅游和美食方面的文章。他尝试劝服即将失业的我尽快响应他的养兔计划，因为养兔计划带来的盈利肯定是战乱时的生活保障。他把自己安置在挑选兔种和饲料的工作岗位上，而要我义不容辞地负责给兔子取名。

　　我被他高涨的兴致感染，兴致勃勃地告诉他，我决定将雄兔子安上他的名字。然后，把其余五只雌兔子分别安上他五个前女友的名字。我强调，雌兔的排名不分先后，它们的孩子们被宰杀的次序也不分先后。哪天我想要杀谁来吃了，我就会毫不犹豫地动手。我越说越兴奋，他越听越气愤。结果，战争真的展开了，但是并不在土耳其。

生日愿望

再过几天，就是兔子先生五十一岁的生日。

朋友问起他的生日愿望时，这个在中年危机边缘徘徊了一段时间的老男人说："我希望我生日当天，能去一个很热闹的酒吧，酒吧正播放轻快的音乐。当我一踏进那个酒吧，马上有五十一个年轻的美女从四面八方蹦出来。她们都聚集在舞池里跳热舞。"

朋友转头问起我明年的生日愿望。我说："我明年的生日愿望是，希望能看见四十四只猫在我家草坪上快乐地奔跑。"

说完之后，我忽然觉得相比兔子先生的思想，我竟是如此纯洁。

道歉的机会

因为意见不合，我和兔子先生又吵了一架。

这次，可能是我真戳中了他的要害，他一反常态，一直拉着脸，郁闷得不再说话。

看他憋闷的样子，我心想，这个向来脾气来得急、去得快的西方人，不会是真要跟我这个韧性超强的东方人斗长气？我于是也拉着脸，坚决将他视而不见。一个小时后，他终于忍不住，借故晃到我身边，没头没脑地说："好吧，我决定要给你向我道歉的机会。机会难得哦，你就快点跟我道歉吧！"

他这番自己找台阶下的话，让我"扑哧"一声笑了出来。

活埋一个人

埋头挖掘半小时之后，挥汗如雨的我，扶着铲子直喘气。望着那个长两米、宽半米、深三十厘米的长方形土坑，浑身是泥的我心满意足地想：它应该足以让十四棵芦笋健康苗壮地成长了吧？

这时，兔子先生来到我身边。他通知我说，他要到咖啡馆里和朋友一起喝咖啡。瞪着干净整齐的他，我很后悔没有将那个坑多挖个五十厘米。不然的话，我这就给他脑后一铲，立马将他埋了。

木桐与人头

每次和兔子先生发生争执后，我就会到后院劈柴。

我会把一截截的木桐摆好，然后用一股股从悲愤中化来的力量，挥下大斧头。我先将其劈成两半，接着再把那两半劈成另两半。

目睹过我劈柴的人，都称赞我动作利落。有一次，他们忍不住问我，为什么我在劈柴方面从不曾失误，一挥就是一半，再挥又是另一个一半？

我继续劈柴，头也不抬地回答他们说："原因很简单，因为我把木桐想象成兔子先生的头了。"

水果人

电视节目里，有一个中国女孩指着自己的鼻子用意大利文说："我是香蕉人，外黄内白。"接着，她指着身边一个只会说中文的中国女子说："她是芒果人，外黄内黄。"

我先生听了，指着我说："你是椰子人，外褐内白。"

渴望一只鸡

正在医院康复的公公跟他儿子说："失去了阿贝，你再也找不到像她这样好的女子了。但是，老实说，她人虽然很好，可是对动物的占有欲却很病态。你数一数啊，她目前有一只狗、两只刺猬、十三只猫和十三只鸡……"一说到鸡，体弱的他忽然奇迹般地捉紧椅柄，"嚯"一声站了起来。

他凶狠狠地问我："你几时才会让妈妈杀你一只鸡给我补一补身子？"

伟大的卫星年代

在勉强可以称作太平盛世的今天，兔子先生常常会百无聊赖地去想象第三次世界大战的来临。每当他说起这场未来的战争时，就会借助安慰我来安慰他自己。

对他来说，小镇永远是安全的。因为它是一座藏匿在森林边缘的隐蔽胜地。这里没有主要大道穿行。就算是世界大战真的来临，这里也会是与硝烟隔绝的人间仙境。他说，在战争期间，以务农为主要生计的小镇人民，所种的农作物和饲养的家禽，除了自给自足之外，还可以偷偷运出小镇，以高价卖给活得生不如死的城里同胞。

他的一番梦话，成功把我带进了他的梦境。我的理智思维，在他冗长的想象里，暂时消失了踪影。我想象战争爆发的同时，也没有忘记去构思赚钱的策略。心里只要想到左邻右舍都将成为战争中的暴发户，一阵强烈的醋意涌上心头。

眺望我那一院子不能果腹的花花草草，我觉得自己太不长进。我告诉自己，做人必须要心怀壮志。于是，在我脑海中涌现出院子里已经鸡鸭成群的情景，原来杂草丛生的后院，也在我的想象里开了荒，各种各样的蔬果茁壮地成长着，并且结满了硕大的果实。

但是，理智始终是扼杀梦幻的元凶。立志要在炮火中成为暴发户的梦想，终在我理智的进攻下成了炮灰。回到现实后，我告诉兔子先生的第一件事情是：要与时俱进，在卫星密布的天空下，就算偷偷在亚马逊雨林里架起一个帐篷露营，大概也逃不过各国军方的视线。

头与屁股

婆婆在地埂上挖了一个又一个的洞。她让我往每个洞里放上两粒种子，浇点水后再用土盖上。她叮嘱我说："将种子放入洞里之前，你要先确定种子的头在哪里，屁股又在哪里。确定之后，你得将它们的头朝上，屁股朝下地埋起来。"我当时想：荒谬！种子哪来的头和屁股？不过她既然这样说，我就照着做。

当我把所有的种子都埋进洞里后，她再次向我确认是不是真的把种子的头和屁股都摆好了。我点头说是，随手拈起一粒用剩的种子，向她示范。

看了我的示范后，她尖声反问我，种子的头是哪里，屁股又是哪里？我指着种子被削尖的部分说："这是头。"然后指着圆润的部分说："这是屁股。"

"我的上帝啊！你都放错了！圆的是头，尖的是屁股啊！"她崩溃似地大喊。

我转身看那三十多个洞，坚决声明自己绝不会去将种子挖出来重新种。在我的坚持下，她无可奈何地祈祷上天保佑她的种子都会发芽，并且能健康茁壮地成长。

虔诚祈祷之后，她叹了一口气跟我说："你怎么把我的屁股当你的头了呢？"她在万念俱灰之中，并没有发觉自己说的话有问题。我当时也万念俱灰，直头直脑地纠正她说："是我把你的头当作我的屁股了。"

蒙古婆婆

婆婆将我的两只老母鸡杀了。

得知老母鸡命丧婆婆刀下，我哭着回了家。一进家门我就一头倒在沙发上，什么稿子也不写了。随手拿起摆在小茶几上的一本书——《狼图腾》，企图让文字带我逃离这令人伤心的现实。读着读着，我沉沉睡去。睡梦中，婆婆肥胖的身影又出现了，穿着蒙古袍的她，双手捧着鸡头和鸡内脏递给狼群吃。我于是又哭着醒了过来。

婆婆的开心农场

婆婆环望了在我精心打理下，百花争艳的院子，并没有称赞我。反之，她一脸感慨地跟我忆起从前："以前这里种满了菜，也养满了家禽。"

指着马厩屋檐下、紧贴着墙壁的那一块，她说，那里曾经摆着六个兔笼。兔笼前面靠近围墙的地方，曾经有一个猪栏。他们在那里养了一只公猪、两只母猪。她还说，当年的院子里，除了有失去行动自由的兔子和猪之外，还有散养的二十只鸡、十二只鸭子，以及四只羊。

"我爸爸在马厩里养了一匹马、一头驴子和三头牛，马厩后面的小院里种满了各种各样的蔬果。"婆婆叙述着马厩内曾经物尽其用的风景。

当她沉醉在遥想当年时，而我脑中呈现的却是自己在手机上用手指开拓出的农场——开心农场。

私房食谱

可能基于"师父教徒总得留一手保身"的心理，婆婆在告诉我她的私房食谱时，总不那么老实。

尤其在陈列食材时，她表现得更为明显。每一次，她都会少给一到两种食材。多次成为她私人食谱的受害者后，我开始琢磨如何才能从她那里得到完整无缺的食材与烹饪细节。

经我观察，她刻意的遗漏是没有规律的——她当时想不说什么就不说什么。发现这一点之后，我想到一个耗时耗力但有成效的方法：我会在得到一个食谱之后，耐心地等一段时间，再向她问起同一个食谱。

就这样不定期不定时地重复询问，短至几个星期，长至几个月，我就可以将手里得到的资料拼凑成一个比较完整的食谱了。

这叫什么来着？魔高一尺，道高一丈。

后 记 1

仿如宫崎骏笔下，阿贝的童话世界

袁媛

　　要不是因为工作的关系，我和阿贝是此生都不会有交集的两个女子。在一次网上商讨工作之后，我们忽然天南地北地闲聊起来。她跟我形容她所在的小镇，聊起她的意大利家常菜。这就是我在后来千里迢迢，从北京飞到意大利一座无名小镇度假的原因。这一趟在冲动下决定的度假计划，让我出乎意料地跌进一个宫崎骏动画片里才有的童话小镇，继而在这个远嫁到意大利北部的马来西亚女子的厨房里，体会到真有魔法的存在。

魔女宅便当

　　"阿贝，我到 Santhia 了！可是找了一圈也没找到开往你们小镇的公车……"

　　"我刚才打电话问了，说今天唯一的一班车 10 分钟前已经开走了。这样吧，我找个朋友来接你。"

今天唯一的一班车？一天只有一班车？握着电话，我吃惊不已。但多年的工作经验已经训练出我超强的应急能力，于是急忙说："哦，太麻烦了，那我找辆出租车自己过来吧，就是罗马街 41 号对吧？"

下机之后，我拖着行李箱，转了两次火车一次出租车，终于来到阿贝的家，敲响了她那栋三层楼大宅的深棕色门。开门的是一个个子高高、一脸素颜的华裔女子，她，就是我"素未谋面"过的作者，阿贝。

话说阿贝曾是大马的天桥模特儿。23 岁那年在泰国遇到意大利帅哥 Mario，两人一见钟情后，她就被"拐到"了这个都灵附近的意北小镇。脱下光鲜亮丽的时装，换上宽大朴实的家居服，围上洗得发白的围裙，把人生的舞台从天桥变成厨房。脱下 4 寸高跟鞋后，她蹬上最稀松平常的黑色橡胶雨鞋，到院子里拔一把自己种的小番茄……在异乡过上家庭主妇的生活，一过就是十几年。

"你还没吃中午饭吧，我看看冰箱里有什么，迅速给你做点！"还没等我回答，阿贝就已经风风火火地打开冰箱——"半个南瓜，两个土豆，一段芹菜，一把豆子，昨天的一碗米饭，一点点金枪鱼，菜园里有西红柿……足够了，给你做意式蔬菜汤和意式饭团！"

阿贝就像一个魔女那样，一面专心搅弄正在慢滚的蔬菜汤，一面缓缓跟我说："家庭味道的意大利蔬菜汤其实很简单，家里有什么没吃完的蔬菜都可以往里放，但有三样不能少——南瓜、番茄和小排骨。如果有 rosmary 香料调味，那就更完美了。蔬菜汤的酸甜口感来自南瓜和番茄，而且南瓜还能增加汤的浓稠感。至于小排骨，这可是我自创的秘方——一锅汤不用多，三根小排骨就够了。冷水下锅，煮沸后再加入各种蔬菜。其实就是看家里有什么，土豆、豆子、西芹……什么都可以切丁放进去同煮。煮熟之后，用勺子背在锅底碾压食材，尽量把汤里的所有食材都碾烂。"

等我把行李放好，稍作洗漱后回到厨房，刚才还是冰箱里的"边角余料"，在阿贝手里，已变成一锅冒着热气、香味溢满整个屋子的蔬菜汤。而餐桌上，还有一盘刚刚炸好、金黄可爱的小饭团。

我吃惊地看着正在解围裙的阿贝，急急忙忙跑到灶台前想找她"作弊"的证据时，她却咯咯笑着说："厨房早已收拾干净了。"在那么短的时间里，她不只煮好了这一桌子的菜，还将厨房洗干净了？我禁不住怀疑，她真的就是一个魔法高超的魔女——一打响指，就凭空变出了这一大桌让我大咽口水的美餐。我迫不及待地咬了一口金枪鱼饭团，差点烫到舌头，但那种鲜香却在唇齿间释放开来；再就一口热气腾腾的蔬菜汤，丰富的味道从舌尖流到胃里。我顿时觉得这简直就是一生中吃过的最美味的午餐，而阿贝，就是魔女的化身，要不然怎么会有如此神奇的魔法厨房？！

"这个汤你慢慢喝，喝不完放进冰箱，明天才是最好吃的。蔬菜充分吸收了汤中排骨的香味，嚼起来回味悠长；汤汁里融合多种蔬菜释放的混合香气，又有南瓜的甜糯，番茄的微酸。我老公和孩子们每次都能喝好几碗。"看着狼吞虎咽的我，阿贝这样说。

肥美的"鸡婆婆"

第二天上午，阿贝要让我去探望她的鸡群。我们抱着一纸袋的"厨余垃圾"还有发硬了的面包，来到小镇的另一边——一间废弃的祖传农家大院。她打开铁门，院子里一群散养的鸡就聚到她身边，在灿烂的阳光里显得那么自由自在。这些家伙个个肥美，似乎跑动的步子也透着轻快喜悦。大大区别于养鸡场里那些被囚禁的可怜虫，我真的很久没看见这么"身心健康"的鸡了。

阿贝一面唤着鸡，一面把纸袋倒提，鸡们一拥而上，显然对这些"垃圾食品"很是喜爱。其中一只红冠肥壮的公鸡明显是它们的国王，霸道地站在中间，那样子好像在说："这些都必须我先吃！"

被鸡群环绕的阿贝告诉我，她嫁到这个意大利北部的小镇后，做了许多此前从未做过的事情，不仅自己种地，还在"无意"中养了这群鸡——那一年，一只老母鸡忽然决定要孵小鸡。每次要下蛋，它就会飞到储存干草的老屋阁楼上。这件事，阿贝一直都不知道。直到某天，她突然听到一阵窸窸窣窣的声响从阁楼上传来。爬上阁楼，她看见一群鹅黄的小脑袋，这才知道一群小鸡在神不知鬼不觉中被一只聪明的母鸡孵出来了。遵从母鸡的意愿，她没有擅作主张帮小鸡搬家，她把小鸡养在了阁楼上，定点过来喂食喂水，清理打扫；直到小鸡长大，它们如果愿意下来和其他的亲友在一起，就可以自己扑扇着翅膀飞到地上。这就是今天我看到的这个勃勃生机的画面。

阿贝说她现在老给鸡做按摩，我笑她是为了自己日后享口福。谁知，她却说："我不杀它们。我也不让我婆婆杀它们呢！每当我婆婆看见我的鸡时，就感叹它们是'多肥美的鸡呀'，我就会回话说：'你也很肥美呀'……"说到这里我们都忍不住大笑起来。这样"不孝"的儿媳妇也只能是国外才有吧！但却也透出她和意大利婆婆间融洽的关系。

好奇这位婆婆究竟是怎样的人，喂完鸡后阿贝就带我去看望了她"肥美"的婆婆。小镇很小，路上遇到的人，阿贝都能说出他们简略的故事给我听。

初次见到阿贝"肥美"的婆婆，她也正在厨房忙碌，一头浅金色的卷发，胖胖的腰上系着围裙，金丝眼镜后面露出和蔼的笑容，还真符合她"鸡婆婆"的外号。和厨房相连的餐厅里，阿贝的公公笑眯眯地正在边看电视边吃"鸡婆婆"做的午餐，还时不时呷两口只在意大利北部出产的红酒，Barbera。

"鸡婆婆"端出事先已经做好的美食，一个劲儿地让阿贝都放进餐盒带回家去吃。那都是我叫不出名字的意大利家常菜。其中一道最吸引我眼球的是以自调的蛋黄沙拉酱拌上镶了金枪鱼的大西红柿。除此之外，还有包了蔬菜和鸡肉的蛋卷。阿贝将装了这些菜的餐盒盖上之前，刻意把它们捧到我面前让我大略看过。她冲我眨眨眼，说今天中午我有口福了。

回到阿贝家里，我们一面享用打包的美食一面聊家常。说到她那厨艺一流的婆婆时，她说："她年轻时可是小镇之花呢！你也注意到了吧，她眼睛很美，年轻时金色的长发披肩。别看她现在胖了，原来那身材也是绝对S型，不知迷倒镇上多少青年。公公曾经为此很紧张呢！"

"不过我婆婆对我挺好，刚来意大利的时候，我什么家务也不会做。她不仅给我做好吃的，还把她的私人食谱传授于我。"原来阿贝在厨房的魔力是来自这位"鸡婆婆"。我一边大快朵颐，一边不住地点头。

那天晚饭后，阿贝又捧来一个惊喜——自制的提拉米苏，最经典的意大利甜品。阿贝告诉我，这道提拉米苏是她昨晚在我倒时差呼呼大睡时做出来的。她说，提拉米苏是她孩子们最喜欢的甜品。兄妹俩经常为了谁吃得比较多而争吵。听着她悠然地说起这些生活上的小事，我突然羡慕起这个远嫁的女子——能为自己的孩子做出他们喜爱的美食，是多么幸福的事情啊！

吃提拉米苏的时候，阿贝还说："在亚洲，很多人把提拉米苏解释为'带我走吧'完全是以讹传讹，胡说。其实啊，当年战争结束，意大利男人们饱受摧残，于是妇女们用可以催情的鸡蛋、起司、咖啡、酒、蛋糕、巧克力，层层地叠加起来给丈夫们吃，为的是让他们重新'充满激情'啊！不是什么浪漫的'带我走'！"

阿贝的幽默与率真，让我不停地笑。不过不管这提拉米苏的真正来源是什么，单是丰富的口感就已经足够。在薄薄的可可粉下面是柔腻的乳酪，紧接着是一层浸透了咖啡和酒的海绵蛋糕，蛋糕里含了更柔软的馅儿，最底层是薄薄的硬巧克力托着。放进嘴里，慢慢地品，可以感受到咖啡的苦涩、焦糖的滋润、甜酒的香醇、巧克力的馥郁、蛋糕的绵密、乳酪和鲜奶油的香稠、可可粉的干爽……这样丰富的韵味，不是"爱"又是什么呢？

住在宫崎骏的动画世界里

不觉间，我在这个小镇已经住了五天。这意料外的山居，一开始觉得不可思议，回头来看，莫不是自己这趟欧洲之旅的真正初衷？——在欧洲乡下的一栋古屋醒来，窗外有湛蓝的天空与明媚的阳光。在阳光下，有猫也有狗……

从没有想过，会这样坐在一个意大利的小镇上，听着山林的鸟叫，偶尔看见白肚剪尾的燕子飞过。坐在这栋古老大屋的顶楼阳台上，眼前不远的地方，是一片红瓦绿树白墙青草，在阳光中闪着光，背后是阿尔卑斯的雪顶清晰可见，绵延一片。看上去很像宫崎骏《红猪》《魔女宅急便》和《哈尔的移动城堡》里的场景，据说宫崎骏特别喜爱意大利，经常流连于大城小镇，采风写生，为他的作品收集素材。

阿贝的家，与小镇上其他屋子并无太大区别。墙是姜土的黄色，屋顶是典型的红瓦。因为是家族传下来的老屋，经过重新装修后，风格舒适而生活化。地上铺就的地砖，没有矫揉造作的仿古，而是自然透着古朴；家里养了一只狗和数不尽的猫。狗狗 Luna（月亮）爱在院子里玩耍，而猫太多，我怎么记也就只记得一只名叫男朋友的公猫，和一只名叫丑八怪的母猫。阿贝的猫，也都很肥美。猫和狗相处愉快，它们一起玩，一起睡，偶尔吵吵架。在阿贝的猫群里，年纪最大的是一只十五岁的黑猫。这只黑猫，因为年纪太大，已经不常走动，常常睡在厨房的入口那儿，陪伴不停在厨房烹饪的阿贝。在我眼里，它是阿贝这个"魔女"的必需，否则她厨房里的扫帚该多孤单？否则她又怎么会拥有神奇的魔力呢？

这个幸福的"魔女"有一对漂亮的混血宝贝——亚亚和乙恬。亚亚是属虎的哥哥，懂事的小男孩；乙恬是属蛇的妹妹。亚亚有刚中带柔的性格，而乙恬的性格则是柔中带刚。虽然是意大利语、中文的双语教育，但他们还是时常听不懂我的话。听不懂的时候，亚亚就会一耸肩摊开双手，一副典型的意大利人那样对我说："我不懂呢，你可以告诉我妈妈，让她给我翻译一下吧！"而漂亮的小妹妹则每天上学放学都要跟妈妈撒娇，乖巧得很。

阿贝有一次搂着她说："这个女儿以后可麻烦了，从小就这么爱撒娇，动不动就要拥抱。我担心她以后交了男朋友，不知道会不会把男朋友吓跑。"这一次，倚在阿贝怀里的乙恬竟然听懂了。她假装生气，轻轻打了阿贝的手几下，说："我才不要交男朋友呢，我要和你一直在一起。"乙恬的童言童语惹起阿贝的开怀大笑。笑声混合着猫狗的叫声，飘出这个屋子，飘在意大利北部，一座童话小镇的上空……

袁媛，曾为旅游杂志主编，旅行达人。目前旅居西班牙与美国。

后 记 2

自我放逐在童话世界

邱琲钧

> 白雪公主和王子结婚后，美满的生活充满了欢乐和幸
> 福，他们一辈子都快快乐乐地在一起。
>
> ——格林童话

我和兔子先生在邂逅之后的闪婚，一直是别人眼中一
则洋溢着浓厚童话色彩的故事。可是，我毕竟不是公主，
兔子先生也不是王子。相遇之后，生命仍旧必须在现实生
活中延续。所以，经常出现在童话里面那句"永远快乐地
生活在一起"，并不能成为我和兔子先生故事的完美休止
符。我们的故事和这世上几乎每一对夫妻一样，在婚后不
久就开始了它应有的起伏跌宕。确切地说，演变到后来，
它有点儿像战争连续剧。

经过了发生在男女之间的化学反应之后，我和兔子先
生在磨合期里经常吵架。我们吵架的范围，比一般夫妻来

得更大，更广。别人可能只为生活中的柴米油盐、鸡毛蒜皮起争执，而我们却因为文化、语言和背景上天南地北的差异。吵架时也因此常常把彼此背后的整个民族和祖先扯下水，一起骂得痛快。更荒谬的是，我们往往只因为误解了一个词的真正意思而吵得天翻地覆。这类事情一再于婚后频频发生，有一段时间，我曾经郁闷地不断思考彼此能继续在一起的可能性。异乡的生活一度让我灰心失望，直到我在无意间重新拿起积了尘的《小王子》翻看。当我读到狐狸在书中所说"语言是误解的根源"后，我开始选择了尽可能的沉默。也或许因为这个沉默，我开始能够以另一个视角来观察我的新生活。于是，在这个完全陌生的新生活中，我找到了一个又一个新鲜有趣的细节，并且从中得到了最纯真的乐趣——就算和兔子先生起了再大的争执，我也能在争吵中找到最基本的笑点。发现它们，同时也记录下它们。一宗宗诸如此类的小事，在脑海里累积成山，直到有一天我决心要将其整理，因而写下了这本书。

《靴子里的女人》是一本欢快的书。它是我在自我放逐到几乎疯狂的地步下的种种生活记录。藏匿在大环境中的种种小幸福被我聚焦，并且放大，让我在重温的时候，也会牵起嘴角的一抹微笑。

因为忽而降临的爱情，我潇洒地将一个简单的背包背上，漂洋过海，远走异乡。但是，轻松潇洒只是表面，我的内心其实很慌张。我清楚地知道，这个抉择是一次冒险。那一次走出家门，等于走向一个未知的未来，曾经拥有的一切，都将不复存在，就连最基本的语言与专长，都因为我的离开，而归之于零。一切都得从头开始。但由于我不愿将来有所悔恨，所以仍旧义无反顾地为爱情出走。

在我异乡生活的初期，因为完全不懂他们的语言，感觉自己就像一个哑巴那样，围在兔子先生身边团团转。那个时候，我把他视作自己世界的中心点，所有的欢喜都来自于他，所有的悲愤也源自于他。当然，兔子先生的心境也因为我的存在而不安。他原来是一个来去自如、一切以自我为中心的浪子，因为我的存在，他失去了自由自在的漂泊生活，融入了社会。和我一样，我们都被一种前所未有的压力感压得喘不过气来。

虽然我的性格作风天生就不同于一般含蓄和压抑的东方人，但是兔子先生说来就来、说走就走的脾气，还是让我接受不了。看着前一秒暴跳如雷，后一秒又可以笑容灿烂的兔子先生，我脑子里常常萌生"一物降一物"这句话——自己果然不幸遇见了一个可以降得住自己的恶魔。但是自从异乡生活的圈子慢慢扩大，我发现其实我只不过是一个不小心降落在恶魔群中的天使而已。与此同时，我也察觉到自己力量的单薄，唯一能够在这里快乐生存的方式，就是将自己变成和他们一样——潇洒地跟着感觉走——于是，快乐的时候，我比他们更疯狂；生气的时候，我比他们更具爆发力。变本加厉的性格，果然让我在这异乡的土地上如鱼得水地生活下来了。但是回到老家，我这经过磨炼，且已达到炉火纯青的极端情绪反应，却又让周围的人受不了。

在异乡生活久了，见过不少在这块陌生土地上和我一样的异乡人，他们之中有些在这里住了下来，也有些寂然离开了。看见他们来来去去，心里难免有所感触：要不是无比强大的内心，我可能刚来不久，就会落荒而逃，回到可以让自己一直为所欲为的故乡。

在苍白的异乡生活中，我一次又一次奋力把原来空无一物的双手举向空中，在空气中捉起一支支隐形的彩笔为生活上色，我的生活因此才有了斑斓的色彩。我的爱情，没有童话的光环。但是，我的生活却洋溢着缤纷的童话色彩。我为自己创造了一个童话般的生活氛围，这是一个属于我内心的童话世界。